오늘만큼의 행복

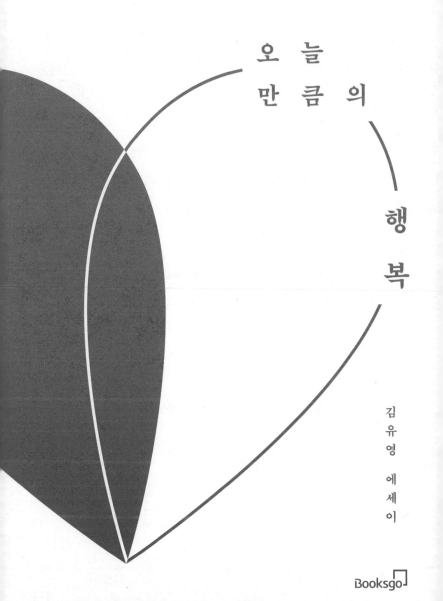

오 늘
만 큼 의

행
복

김 유 영 에 세 이

Booksgo

당신은 오늘
행복해집니다

　작은 습관이 모여 큰 변화를 만들듯 사소한 습관 하나하나가 쌓여 인생을 바꾸는 힘이 된다.

　나를 돌아보기 위해 매일 글을 쓰기 시작한 지 벌써 10년이 지났다.

　하루 중 시간을 내어 해야 하는 숙제처럼 느껴지던 글쓰기는 어느새 자연스럽게 습관으로 자리 잡았다. 그리고 진심을 담아 꾸준히 써 내려간 글들은 이제는 제법

두둑하게 쌓여 내가 누구인지, 내가 어떤 사람인지를 대신 표현해 주고 있다.

네 번째 책인 《오늘만큼의 행복》에서는 '행복'에 대해 전하고자 했다.

사람은 행복하기 위해 살아간다고들 한다. 그러나 정작 자신이 왜 행복해야 하는지, 무엇을 행복이라고 말할 수 있는지 잘 모른 채 곁에 있는 행복을 제대로 즐기지 못하고 흘려보내는 경우가 많다.

행복하지만 행복하다고 말하지 못하는 우리들에게, 지금 이 순간 힘에 겨워 행복이 아득하고 멀게만 느껴지는 우리들에게 응원과 위로의 메시지를 건네고 싶었다.

아직도 미흡하고 쑥스러운 글이지만, 어쩌다 작가가 되어 새로운 경험들을 하면서 얻게 된 삶의 지점들에 대해 나누고자 했다.

담백하고 솔직한 나의 이야기가 담겨 있는 동시에

살아가면서 놓치기 쉬운 일상의 가치를 음미할 수 있기를 바라면서 한 글자 한 글자 적어 내려갔다.

삶의 자락에서 우리는 왜 행복해야 하는지, 행복이란 무엇인지에 대한 질문과 해답의 실마리를 얻어 갈 수 있었으면 좋겠다.

또한 행복에 도달하기 위해서는 지금의 내 모습과는 다른 한 단계의 성장이 필요하다. 그중 상대를 소중히 여길 줄 아는 사랑, 변화하고자 하는 용기, 지금 이 순간에 최선을 다하는 자세, 삶의 치우침이 없는 균형을 통해 우리는 성장하고 나아가 행복을 맛볼 수 있을 것이다.

나의 시선으로 바라본 삶의 조각들을 함께 느끼고 음미하면서 잠시나마 무거운 삶의 무게를 덜어내고 숨을 고를 수 있었으면 한다.

당신의 마음에 잔잔한 울림으로, 조그마한 행복으로 다가갈 수 있기를 바라본다.

"당신은 오늘 행복해집니다."

건강과 행복 그리고
즐거움과 미소를 전하는 마법사

김유영

content

3장 용기를 내어 나아가다

4장 최선을 다하는 지금

5장 균형을 맞추고 조화롭게

1 장

오늘의

행복을

찾다

당신은
지금 행복합니까

매일 기쁘고 즐겁고 행복하여 웃음이 가득 넘친다면 그보다 더 좋을 수 없겠지만, "나는 지금 행복합니다"라는 대답이 망설여진다고 해서 내가 불행한 것도 아니다.

삶은 행복도 불행도 아닌 어느 중간쯤 머물러 있는 것이다.

행복이라는 것은 지긋한 끈기도 없고 변덕스러워서 한자리에 오래 머물러 있지 않는다.

다만, 행복은 행복해지려고 노력하는 사람을 찾아다

닌다.

늘 자포자기의 삶을 사는 사람과 투정과 불만을 달고 사는 사람, 정직하지 않은 사람과 아무런 노력도 없이 그늘지고 어두운 사람에게 행복은 다가가지 않는다.

'어제는 행복했는데 오늘은 왜 이러지? 행복해져야 하는데?' 하며 자신을 닦달하다 보면 오히려 그만큼 불행해지고 만다.

어제의 내가 모여 오늘의 내가 되듯 오늘의 내 모습을 들여다보면 내일의 내 모습이 그려진다.

행복은 끊임없이 노력하고 만들어가는 과정 사이사이에 있습니다. 행복이 잘 보이지 않는다고 실망하지 말고 스스로 만들어서라도 맛보고 느낀다면 행복은 더 자주 찾아올 것입니다.

무엇을 위해

살아가는지

　무엇을 위해 살아가야 하는지 잊은 채 우리는 하루하루를 숨 가쁘게 살아내고 있다.

　자아실현과 근본적인 욕구도 냉혹하게 버린 채 현실에 꾸역꾸역 매달려 살아가고 있다. 경쟁과 갈등 속에서 버티며 살아남아야 하고, 살아남지 못하면 나의 존재는 도태되어 잊힌다.

　우리는 서로를 차갑고 슬픈 시선으로 바라보며 수많은 감정선에 걸쳐 있다.

금방이라도 뛰쳐나올 두려움과 적개심을 억누르며 성공과 실패의 사이에서 목적지 없는 유랑생활을 할 뿐이다.

　　내가 되고자 하는 그것을 위해 수많은 노력과 고난을 이겨내고, 희생까지 감수하면서도 그 무언가 되지 못했을 때 패배자라며 꾸짖고 자괴감과 무력감에 빠진다. 갈수록 사는 것이 어려워지고 무엇을 위해 살아가는지 의문투성이다. 그러나 아무리 힘겨운 삶을 살더라도 당신이 쏟은 노력만큼은 소중하고 고귀한 것임을 잊지 말기를.

　　오늘도 고군분투하는 당신과 나 우리 모두를 응원하고 사랑합니다.

일상의

아름다움과 위대함

우리의 마음이 하루도 같은 날이 없듯 자연 역시 단 하루도 같은 날이 없다. 그런 진리를 머리로는 알면서도 부와 명예, 사랑과 같은 욕망의 대상들은 변하지 않기만을 바란다.

바쁘고 정신없이 건성으로 흘려버리는 일상이 사실은 얼마나 아름다운 신비인지를 나이가 들어가면서 점차 깨달아 가고 있다.

더 잘 살아내려고 지나치게 애쓸 필요가 없음도 알아 가는 중이다. 오히려 애쓰면 애쓸수록 삶은 더 힘들어진다는 사실도 알게 되었다.

원대하고 거창한 목표나 비전이 없어도 삶은 그 자체만으로 살아갈 만한 가치가 충분한 것임을 알게 되었다. 사회가 주입한 가치관에서 벗어나 나만의 개성과 생명력을 발현하며 나답게 살게 되자 삶은 더욱더 의미가 있고 즐거워졌다.

그렇게 일상이 가벼워지고 홀가분해지자 보지 못했고 보이지 않았던 그것이 가진 진실한 아름다움이 보이기 시작했다.

짙푸른 가을 하늘, 핑크빛 새벽녘, 동이 트고 질 때의 검붉은 석양과 노을, 녹음으로 우거진 산과 들판 등 일상에서 마주하는 모든 자연현상은 저마다의 의미를 지니고 있었다.

온갖 번뇌와 망상으로 몸과 마음이 무거울 때 하늘을 올려다보며 일상이 주는 소중함과 아름다움을 느껴보면 몸과 마음은 다시 활력으로 가득 채워집니다.

피지 않은

꽃

시대가 변했고 수명도 길어졌으며
예전보다 더 오래 살게 되었지만
더 늦게 성숙하고 빠르게 인생의
전환기를 맞는 현실 속에서
주변의 시선과 편견에 상관없이
자신만의 길과 시간표에 따라
성취를 이루어내는 것이 중요하다

삶은 경주가 아니라 여정이기에

참고 인내하며 자신의 길을 찾는 일에서

어떤 성취와 행복을 불러오는지

느끼며 알고 깨달아 가는 것에

자신이 원하는 그 무엇이 있다

내가 나로

살아가는 방법

인생을 살다 보면 과정이 재미있어 좋은 것이 있다. 그것은 내가 좋아하는 것이기에 결과가 어떻게 나오든 상관이 없다.

과정이 재미있고 결과도 잘 나오면 그건 금상첨화일 것이다.

스포츠에서 선수들은 우승과 1등만을 보고 달린다.

우승을 한 선수들은 기뻐하지만, 그렇지 못한 선수들

은 실망과 좌절 속에 빠져 울기만 해야 할까?

우승과 1등은 모두가 열심히 한 과정에서 나온 결과일 뿐이다. 결과는 언제 어느 때고 바뀌는 것임을 알아야 한다. 결과만을 좇지 말고 과정을 즐기면서 행복함과 만족감을 찾아야 자신이 자랑스러울 수 있다.

운동이 좋아서 시작했는데 과정이 즐겁다 보니 결과도 좋아지는 것이어야 한다. 즐기면서 하면 성적은 오르게 되어 있고, 어느 정도는 성과도 주어진다.

밥 먹을 시간을 놓쳤거나 '시간이 벌써 이렇게 지났구나?' 하는 생각이 든다면 그것이 바로 내가 좋아하는 일이다.

내가 좋아하고 의미 있는 삶을 찾아 떠나는 마음으로 인생 여행을 한다면 어느새 조금은 더 즐겁고 행복한 인생을 사는 나를 발견할 수도 있을 것이다.

나 자신이 중심이 되어 어떤 것에 몰입했다면, 그 일이 내가 좋아하는 일이며, 잘할 수 있는 일일 것입니다.

세상과
나와의 연

물고기는 바다 없이 살 수 없듯이
사람은 세상 없이 존재할 수 없다
물고기가 바다와 맞서지 않고
순응하고 적응하며 살아가듯
사람도 세상에 맞서는 무모함을 버리고
궁극적인 삶의 이유인
내가 즐겁고 행복하게 살기 위해
세상을 어떻게 활용하며

살아가는지가 중요하다

내 생각과 다른 생각의 환경을
있는 그대로 받아들이고 인정하며
가는 것이 세상 속에서 살아가는
나의 현명한 자질일 것이기에

삶의 목표와
목적을 넘어

"살아야 할 이유를 모르겠습니다."

"사는 게 너무 힘든데, 무엇 때문에 살아야 할지 모르겠습니다."

"좋아하는 것도, 하고 싶은 것도, 재미있는 것도 없고 다 허무한 것 같습니다."

연예인들의 화려한 삶, 돈과 권력이면 무엇이든지 할 수 있는 재벌의 삶 등 나와는 다른 세상을 사는 사람들의 쾌락과 소유의 삶을 보며 부러워하고 열망하지만, 자신은 이룰 수 없다는 것을 너무나도 잘 알고 있다.

그러고 보면 한계가 정해진 삶, 비교되는 삶은 인간의 삶에서 없었던 적이 없다.

문제는 어떤 삶을 살아야 하는지에 대한 고민을 하는 것이 아니라, 삶의 가치가 없다고 치부한다는 점이다.

동물은 본능만으로도 살 수 있지만, 인간은 정신적인 부분이 함께 충족되어야 삶의 의미를 찾을 수 있다. 즉, 인간은 본능적으로 의미를 추구하는 존재다.

사람들은 돈만 있으면 삶의 의미를 찾을 수 있다고 생각하지만, 돈이 목적인 사람은 공허함을 채울 수 없다.

목적과 목표는 사랑과 행복처럼 과정 속의 만족도를 보면 알 수 있다. 만약 자신의 삶에 의미가 있다면 돈과 쾌락이 따라오지 않더라도 어떠한 시련과 고난이 와도 이겨낼 수 있다.

내 삶의 의미 하나 그리며 살아가는 인생은 참 든든하고 뿌듯합니다.

조각조각

인식하며 사는 것

언제나 신경 쓰이는 인간관계, 마무리해야 하는 업무, 집안일, 앞으로 내게 일어날 일들. 작은 기쁨과 감동들이 끼어들 틈 없이 걱정과 고민들이 빽빽하게 머릿속을 맴돈다.

걱정하던 일이 모두 내 마음대로 해결된다면, 그랬다면 인간은 고뇌와 번뇌 없이 평안할지도 모르겠다.

그러나 그것은 물리적, 사회적, 심리적으로 불가능하다.

많은 고민과 상념들이 마음을 휘젓다 보면 작은 아름다움들은 잊히기 마련이다.

비가 오는 날이면 떠오르는 막걸리에 전, 전철에서만 보던 한강변을 따라 걷는 산책, 찬바람이 불 때면 옷깃을 여미며 찾았던 포장마차에서의 정겨움, 지친 발걸음으로 돌아가는 퇴근길을 빼꼼히 마중하는 강아지의 표정.

곁에 있는 것들을 곰곰이 떠올려 보고 찾아보면 삶을 어루만지는 것의 소중함을 알고 행복해질 수 있다.

그렇지만 세상은 날카로운 모서리처럼 위험하다. 그래서 우리는 작은 행동 하나에도 두려움에 떨고 몸을 사리기도 한다. 언덕 위에 무엇이 있을지 몰라 천천히 오르막길을 오르는 운전자처럼.

그럼에도 이 세상이 살 만한 이유는 삶 자락 구석구석마다 행복의 조각이 숨겨져 있기 때문이다.

등이 굽은 채로 폐지를 줍는 할머니를 발견하고 달려가 리어카를 끌어 주는 학생들의 흐뭇한 모습의 조각과 아빠의 목마를 타며 까르륵대는 아이의 웃음 조각, 전신 장애인 아내를 휠체어로 밀며 힘든 내색 없이 아내

말이라면 다 들어주고 행동하는 남편의 마음 조각.

이것들이 모여 행복하고 아름다운 삶을 만들어 내듯 오늘도 삶을 감동케 하는 행복 조각이 당신에게도 다가 갔으면 좋겠다.

습관처럼 행복을 찾아 연습하다 보면 습관처럼 행복해지듯이, 지금 내가 행복한 것은 벅찬 어딘가에 도달했기 때문이 아니라, 그 길을 그저 뚜벅뚜벅 성실하게 걷고 있기 때문입니다.

그러한

삶이라면

나는 살아가는 내내
맑고 밝은 기억의 길을 걸어가며
아름다운 추억을 만나고 싶다

가는 곳 만나는 사람 누구에게나
건강과 행복 즐거움과 미소를 전하고
만나는 사람 누구에게나 뜨겁게 포옹하고
반갑게 고개 숙여 인사 나누고 싶다

그러한 삶이라면 얼마나 행복한 삶이겠는가
마음의 거침과 행위의 난폭함은
기억 속 어둠에서 오는 것이다
기억이 맑고 밝으며 추억이 아름다운 사람은
마음과 행위 또한 맑고 밝으며 아름다울 테니까

즐거움이

샘솟는 환경

우리가 인생이 즐겁다고 느끼기 위해서는 하루하루 생활 속에서 경험하는 일들을 몰입할 수 있는 활동으로 가꿔 나가는 것이 중요하다.

명확한 목표를 두고, 무리하지 않는 선에서 달성해 가는 과제에 푹 빠져 몰입하고 있다는 느낌을 알게 되면, 자의식이 사라지고 자기 감각이 강해진다. 또한 몰입한 시간에 대한 느낌이 달라짐을 알게 된다.

몰입하는 동안에는 머릿속을 어지럽히는 일들을 잊

을 수 있고, 그 어느 때보다 자신감이 생기며 편안함과 평온함을 느낄 수 있다.

적정선의 꿈과 희망 그리고 목표를 두고 내가 좋아하고, 하고 싶고, 해보고 싶은 것을 하며 몰입해 나가면 삶은 우리에게 깊은 즐거움과 행복감을 선사해 준다.

열심히 노력했을 때 닿을 수 있는 적정 수준의 목표를 두고 몰입을 경험하게 되면 인생의 즐거움을 얻고 건강해지고 단단해집니다.

기다림의
행복

꽃이 피기를 기다린다
때가 되면 피어날 꽃이지만
수시로 그곳을 찾아가
꽃이 피었는지 확인한다

어찌 보면 꽃을 보는 것보다
꽃이 피기를 기다리는 시간이
더 즐거운 일인지 모르겠다

그대를 기다리는 시간이나

꽃이 피기를 기다리는 시간이 즐거운 것처럼

그대를 기다리는 시간도

즐겁게 들떠서 행복한 이유다

인간 궁극의 목표

행복

어느 철학자가 '인간 행위의 종착지는 결국 행복'이라고 말했다. 다만, 이 말에서 경계해야 할 부분이 있다. 바로 강박관념이다.

인간의 궁극적인 목표인 행복은 보이거나 손에 잡히지 않는다. 목표로 하는 행복을 위해 우리는 많은 것을 미루고 버린 채 노력하지만, 행복은 도무지 손에 잡힐 것 같지 않다.

행복으로 가는 길은 왜 이렇게 힘들고 어려울까?

행복은 삶의 최종적인 이유도 목적도 종착지도 아닌, 단지 생존과 삶을 위해 필요한 정신적인 도구다.

긍정적인 감정을 많이 경험하면 행복하고, 부정적인 감정을 많이 경험하면 불행하다.

맹수를 보면 두려워 도망치고, 맛있는 음식을 먹으면 행복감에 다시 음식을 찾듯이 행복해지는 것은 과정 속에 있음을 알 수 있다.

행복을 좇는 사람들의 대부분은 돈, 권력, 명예, 건강만 있으면 행복하다는 착각을 하곤 한다. 행복은 많이 갖는 것에, 많이 아는 것에, 많이 있는 것에 있지 않다. 행복의 필수 요건 중 하나는 현재의 감정에 충실히, 적절히 대응하는 것이다.

행복은 이상적인 가치가 아니라 본질적인 감정의 경험이다.

아침밥은 출근해서 일하기 위해 먹고, 출근하는 이유는 돈을 벌기 위해서고, 돈을 버는 이유는 그 돈으로 행복하게 살기 위해 버는 것이며, 행복은 그 과정과 여정 속에서 만들어 가고 느끼는 것이다.

　행복은 기다림 끝에 성취해야 할 목표가 아니라 삶의 과정과 여정 속에서 얻는 달콤함과 즐거움에 있습니다. 그것을 아는 순간, 우리는 더 많이 행복해질 수 있습니다.

색으로
나이 드는 가을

낙엽 하나 물들자
여기저기 하나둘
나도 물들고 너도 물든다
어느새 온 산하는
형형색색으로 타오른다
가을은 색으로 나이 드나 보다

계절 속 두 번째 봄인 가을엔

모든 잎이 꽃이 된다
가을은 그 해의 가장
사랑스럽고 멋스러운 모습이다

가을은 가을의 계절을 마지막으로
자신을 자신의 색으로 물들여 나이 들어간다
나도 나만의 고운 색으로 물들고 싶다

2 장

사랑을

나누는

마음

혼자가
아니라는 사실

홀로 가슴에 돌을 부여안고 힘겹게 걸어가는 사람이 있다면 가까이 다가가서 그의 이야기를 들어 주세요.

삶의 매서운 고통을 느끼고 있다면 마음을 활짝 열고 편안하게 마음을 나누세요.

이러한 교감이 혹독한 고통을 누그러뜨려 주고 삶의 무게를 가볍게 해 주기 때문입니다.

빛을 가두면 열기가 되듯 삶의 감정 요소들도 가둬 두기만 하면 작은 분노의 불꽃을 일으킬 수도 있습니다.

삶의 여정을 타인과 공유하는 것이 좋은 이유는 나눔 속에서 다양한 목소리에 동참하고 공감할 수 있기 때문입니다.

그러고 나면 혼자가 아니라는 사실을 발견하게 되고, 홀로 노래 부를 수 있다는 홀가분하고 즐거운 마음을 가지고 더 넓은 세상으로 나아갈 수 있게 됩니다.

삶이 무겁고 버겁게 느껴질 때는 가까운 사람과 그 짐을 나누는 것만으로도 교감으로 다가옵니다. 따뜻하고 뜨거운 사랑의 눈물을 흘릴 수 있게 됩니다.

우리의

삶은 함께해야

우리의 삶은 옳음과 그름, 아름다움과 추함, 깨끗함과 더러움, 슬픔과 기쁨, 좋음과 나쁨, 태어남과 죽음 등이 거친 물결을 일으키며 흘러가고 있다.

어디에서 와서 어디로 흘러가는지 알지 못하면서도 숨 가쁘게 살아가고 있다.

한 치 앞도 내다볼 수 없는 불안감을 안은 채 힘겹고 숨 막히게 치러야 하는 나날이지만, 세월은 무정하게도 쉴 새 없이 흘러간다.

그런데도 불구하고 어렵고 힘들 때일수록 서로를 아껴 주고 보살펴 주는 따뜻한 애정과 용기가 필요하지 않을까? 침착함과 겸허함, 너그러움과 따뜻함으로 삶을 가꾸어 나가야 하지 않을까?

건전하고 건강한 마음가짐과 삶의 태도만이 어려움을 극복하고 새로운 길을 열어 가는 가장 확실한 길이지 않을까 싶다.

따뜻하게 손잡아 주고 마음 나눌 수 있는 그 누군가가 곁에 있음으로써 우리의 삶은 아름다운 것입니다.

까치 부부의

집 짓 기

까치 부부가 정초부터 사색을 부추긴다.

회사 전철 역사 앞 주차장 도로에 있는 은행나무에 까치 부부가 새집을 짓고 있다. 몇 달 새 나뭇가지를 옮겨 이리저리 끼우고, 맞추고 기초 공사가 한창이다. 전체적인 윤곽으로 보아 수백 번 이상을 날랐을 것 같다.

어느덧 집짓기 속도에 탄력이 붙더니 요즘에는 흙을 나르는 듯 보였다.

그런데 까치는 왜 사람과 차량이 붐비고 소음과 냄새가 풍기는 이곳에 둥지를 틀었을까? 사람 냄새가 그리워서?

아마도 은행나무가 병충해에 강하기 때문이 아닐까 싶다. 그 대신 까치는 해충을 없애고 주변의 온갖 쓰레기도 치워 준다.

그러고 보니 은행나무는 평생을 사람에게 봉사하면서도 그 보상을 요구하지 않는다. 그런 까치는 기쁜 소식을 전해 주는 전령사다. 영특하고 재주가 있어 강한 부리와 발톱으로 주워 온 나뭇가지로 엮은 둥지는 철근 콘크리트와 현대 기술로 지은 빌딩보다 안전하여 태풍에도 잘 견뎌낸다. 봄이면 둥지에 대여섯 마리의 새끼를 부화하여 가족이 늘어난다.

은행나무의 까치집을 보면서 말은 서로 통하지 않지만, 까치는 은행나무를 측은하게 여기고 은행나무는 나쁜 해조로 낙인찍혀 천대받는 까치를 가여워 해 동병상련하는 것 같아 연민의 정도 느껴진다.

세상 만물에는 생명력이 있다. 태어나서 먹고 자라며 열매를 맺고 기쁨을 주며 살아간다. 마치 인생의 윤회 법칙과 같다.

만물의 영장인 인간이 조금 더 너그러운 마음으로 지혜롭게 살면서 은행나무와 까치의 보호와 사랑을 배웠으면 좋겠다.

사람도 서로 자란 환경도, 좋아하는 음식도 다르듯 매번 부딪히는 일이 많을 수밖에 없지만, 까치 부부가 엄동설한에 집을 짓는 마음처럼 서로가 노력하고 이해하며 살아가면 그것이 행복으로 가는 길이 아닐까 싶습니다.

내가 만나는
모든 인연

어쩌면 산에서 만나는 꽃 한 송이도 나를 만나기 위해 그때를 맞추어 그곳에 피었을지 모릅니다.

내가 그 시간과 공간에 존재했듯이 꽃도 같은 시간과 공간을 나누고 있었던 것입니다.

그리고 내가 그 자리를 뜨면 꽃은 언젠가 질 것입니다.

바로 그 순간 내 앞에 피어난 그 꽃은 나와 크나큰 인연이 있었던 것입니다.

그렇게 꽃을 보는 마음으로 모든 것들을 만나야 하

겠습니다.

그 어떤 만남도 우연이 아니라 간절한 소망과 바람의 결과입니다.

모든 만남에는 의미가 있고 배움이 있습니다.

인연과 만남은 그러한 것입니다.

지금 스치는 바람도 두둥실 떠가는 구름과 떨어지는 낙엽의 순간들에도 고귀한 인연이 담겨 있습니다.

맞추며

살아가야

맞추며 산다는 것은 나는 너를, 너는 나를 이해하고 어울린다는 의미입니다.

부모는 자식에게, 자식은 부모에게, 남편은 아내에게 아내는 남편에게, 상사는 부하에게, 부하는 상사에게 서로 맞추고자 노력합니다.

맞추는 노력을 하지 않으면 결국 이해 다툼과 싸움의 분란만을 가져올 뿐입니다.

나이와 성별, 지위 고하를 막론하고 자기 습관을 완고

하게 고집하는 사람이라면 소위 말하는 꼰대가 됩니다.

세상은 빠르게 변하고, 세상 속에서 살아가는 우리는 변화에 능동적으로 행동해야 합니다.

맞추며 살아간다는 것은 자기 습관에만 갇히지 않고 상대방을 이해하려는 태도에서부터 출발합니다. 변화를 인지하고 받아들인다면 앞으로 다가올 변화에 대해서도 능동적으로 대처하며 살아갈 수 있을 것입니다.

변화를 받아들임과 함께 자신을 낮추며 겸손과 이해와 존중의 마음으로 맞추며 살아가는 것이 화목하게 지내며 살아갈 수 있는 비결입니다.

가장 추운 날의
가장 따뜻한 그림

장무상망長毋相忘은 추사 김정희의 세한도에서 추사가 이상적에게 전한 글입니다.

중국에서 출토된 기와 끝 둥근 부분에 새겨진 글로 '오랜 세월이 흘러도 서로 잊지 말자'라는 뜻이 담겨 있습니다. 옛날에는 특별한 바람이나 소망을 담은 글귀를 써서 넣었다고 합니다.

추사는 부유하게 자랐고, 성인 이후에도 큰 어려움

없이 살았습니다. 그렇게 영원할 것만 같던 그의 시대가 결국 저물고 맙니다.

추사를 믿고 지지하던 효명세자가 갑작스럽게 세상을 떠나자, 추사를 견제하던 안동 김씨 세력은 추사에게 대역죄를 뒤집어씌웁니다.

대역죄인으로 몰린 추사는 끝내 제주도로 유배를 가게 됩니다. 평생 고생이란 걸 모르고 살았던 추사에게 제주도에서의 유배 생활은 견디기 힘든 일이었습니다. 풍토병에 시달렸고, 음식과 의복도 입에 맞지 않아 고생을 거듭했습니다.

추사가 처한 형벌은 유배형 중에서도 가장 무겁다고 알려진 '위리안치'였습니다. 집을 가시 울타리로 둘러싸 바깥으로 나갈 수 없도록 한 것입니다. 울타리 안쪽 작은 집만이 추사에게 허락된 공간 전부였습니다.

고난은 거기에서 그치지 않았습니다.

유배 생활을 하던 중 많은 사람이 추사의 곁을 떠나게 됩니다. 절친한 친구 김유근과 부인 예안 이씨가 유배 생활 중 세상을 떠나고 한양의 친구들과도 점차 소식이 끊어지게 됩니다. 사회적으로도 고립된 추사의 유배 생활이었습니다.

그런 그에게 한줄기 빛이 있었습니다. 바로 제자 이상적입니다.

역관이었던 이상적은 중국에 갈 때마다 최신 서적을 구해서 추사에게 보냈으며 청나라의 최신 학문과 동향을 스승에게 전해 주었습니다. 대역죄인으로 몰려 귀양 간 사람에게 지극정성으로 책을 보냈던 이상적이었습니다.

추사는 이상적에게 고마움을 표현하기 위해 붓을 듭니다. 1년 중 가장 추운 날 세한歲寒을 그린 그림이 '세한도'입니다. 추사는 가장 추운 날을 그려 이상적에게 고마움을 전한 것입니다.

"작년에는 만학집과 대운산방문고 두 책을 보내 주더니 올해는 또 황조경세문편을 보내 주었다."

"추워진 뒤에야 소나무와 잣나무가 시들지 않음을 안다고 했네."

"그대가 나를 대함이 귀양 오기 전이나 후나 변함이 없으니 그대는 공자의 칭찬을 받을 만하지 않은가?"

그렇게 세한도 밑에 찍힌 낙관 장무상망의 뜻이 오래도록 함께하자는 뜻입니다. 추운 날이 되고 나서야 느낀 따뜻한 정을, 절망적인 상황에서 진정한 사람에 대한 마음이 어떠해야 하는지를 알게 된 것입니다.

세한도는 추운 그림이 아니라 세상에서 가장 따뜻한 그림일지도 모르겠습니다.

당신과 나 또한 소중한 인연으로 마음으로 길이 서로 잊지 말기를.

깊이

안다는 것

우리는 서로를 너무 잘 알면서도

평생 서로를 모르는 채 살아간다

누군가를 깊이 알고 있을 때도

누군가를 깊이 아는 것이 아니다

누군가를 깊이 안다는 것은

누군가를 평생 알아가는 것일 뿐

평생 알 수도 알지도 못한다

인생도 사람도 살아가고 알아가는 것일 뿐

사랑하고

사랑을 주는

누구나 관심과 인정 그리고 사랑받기를 원하지만
내가 바라고 원하고 요구한다고
내 뜻대로 어떻게 할 수 있는 것이 아닙니다

받으려 하면 오히려 상대방에게 짐이 될 뿐이고
타인에게 받기만을 원한다면 죽을 때까지
제대로 된 사랑을 못 할 수도 있습니다

그것에 얽매이지 않는 상태에서 그저
관심을 주고, 인정해 주고, 사랑을 줄 수 있어야
자유로움 속에서 온전한 사랑을 할 수 있게 됩니다

우리가 할 수 있는 것은 오직
사랑을 하고 사랑을 주는 것뿐입니다

사랑하는
등 뒤의 사람들

사랑과 열정 그리고 도전으로 찬란하게 빛났던 청춘
꽃처럼 화려한 시절이었지만,
세월이 흘러 중년이 된 지금
가족과 친구 지인과 스승 한때의 연인과 벗님들
예전에 미처 보지 못했던
돌아보지 못했던 기다림 속
등 뒤의 소중한 사람은 또 얼마나 많았던가?

앞만 보고 달리느라 인생의 쉼표를 잃어버린 지금
문득 정신 차려보니
나도 모르게 무뎌지고 잊힌 감정들
그 속에서 인생은
항상 반짝이는 것 아름다운 것만이 아닌
늘 내 등 뒤에서 지켜봐 주고 기다려 주며
가슴을 뜨겁게 움직이고,
메말랐던 가슴에 사랑을 노래했던
등 뒤의 그 모든 이들이 있었음이다

허공 속의
외침

두 사람이 있다. 한 친구는 상대방의 이야기를 들을 줄 몰랐으며, 인내심과 참을성도 없을뿐더러 친절하지도 않았다. 그런 친구를 둔 다른 친구는 마음이 아프다는 걸 표현하지 못하고 참고 버텼다. 그 친구가 언젠가는 기대하는 모습으로 성숙해져서 내 앞에 나타나리라는 믿음이 있었기에.

하지만 그런 일은 일어나지 않았다.

내가 바라는 친구의 모습만 계속 꿈꾸다 보면 그도 나도 성장할 수 없다. 성장할 수 없는 이유는 자기중심성이 빚어낸 결과를 직면하지 않았기 때문이다.

결국 용기를 내 필요한 말을 하지 않아서 서로가 성장을 경험하지 못한 것이다. 상황이 변하기를 바라면서도 정작 속으로는 진정한 변화를 가로막은 꼴이 되고 만다.

가까운 사이일수록 언제나 소통할 수 있어야 하고, 소통 없이 좋은 결과를 바라는 것은 허공 속에 외치는 것과 같습니다.

양날의 검,

말

입을 깨끗이 해야 하는 이유는 청결해야 하기 때문이지만 깨끗한 말을 써야 한다는 의미도 담겨 있지 않나 싶습니다.

말은 양날의 검입니다.

무심코 던진 말 한마디가 상대에게는 비수가 되어 가슴에 지울 수 없는 상처를 주기도 합니다. 그것은 곧 자신의 심성을 파괴하는 일과도 같습니다.

깨끗한 입에서 나오는 신뢰와 사랑이 담긴 말 한마디는 상대의 가슴에 응어리진 아픔을 쓸어내리고 자신의 삶 또한 향기롭게 합니다.

진실하고 겸허하며 정직하고 부드러우며 너그럽고 따뜻합니다. 듣는 이에게도 말하는 이의 모습은 고귀하고 아름다운 본연의 모습으로 다가가 느껴지게 됩니다.

한마디 말에도 지극한 정성을 다하면 아름답고 감동적인 사람이 됩니다.

네가 있기에
내가 있음을

우리는 대부분 습관과 관성에 젖어, 나는 잘못이 없는데 너 때문에 문제가 생겼다고 화를 내고 미워하고 원망하며 싸웁니다.

하지만 그런 때일수록 객관적으로 나는 정말 문제가 없었는지 돌아보아야 합니다. 나와 너 사이에서 생긴 문제인데, 나에겐 문제가 없다고 한다면 너무나도 이기적이고 무책임하지 않을까요?

손뼉도 마주쳐야 소리가 나고, 사랑하는 대상이 있으

니 미운 감정이나 좋은 감정과 사랑도 느낄 수 있습니다.

나라는 존재가 없다면 나와 관련된 그 어떤 일도 일어나지 않습니다.

나로 인해, 나 때문에 문제가 발생했으니 자신의 과오를 살펴 부끄러운 마음으로 겸허하게 비판을 받아들이고 잘못을 뉘우쳐야 합니다. 그렇게 생활해 나간다면 내 마음에 미움과 증오, 원망과 질투 등의 나쁜 감정들은 찾아오지 않을 겁니다.

자신의 허물을 보되 타인의 허물을 보지 말아요. 혹여 보더라도 깊은 이해와 애정을 갖고 너그럽게 대해 주세요.

숨결의
무게

쏟아지는 빗방울처럼
수많은 사람이 내 곁을 스쳐 갔다
그 한 방울 한 방울은
형언할 수 없는 삶의 무게이자
인생들이다

비바람에 흩날리듯 가벼워 보이지만
그 방울방울에 담긴 인생의 무게들은

얕은 한 숨결에도
오롯한 삶을 무겁게 실어낸다

그렇게 숨 쉬고 있는 것만으로도
인생의 무게는 숨결로 더해 간다

이런 사람

저런 사람이 사는 세상

세상에는 다양한 사람이 존재한다.

열 손가락을 펴 보자. 세 손가락을 하나씩 접으며 세상에는 나를 이유 없이 좋아하는 사람이 있고, 남은 세 손가락을 하나씩 접으며 세상에는 이유 없이 나를 싫어하는 사람도 있으며, 끝으로 남은 네 손가락을 접으며 네 명은 내가 어떻게 하느냐에 따라 나를 이유 없이 좋아하는 사람이 될 수도 있고, 나를 이유 없이 싫어하는 사람이 될 수도 있다고 생각하면 이해가 쉽다.

사람은 누구나 타인을 시기하고 질투하며 오해 속에서 욕도 하며 산다. 나를 싫어하는 사람과는 관계를 끊고 그냥 내버려 두는 것이 좋다. 그리고 나를 좋아하는 사람과 관계 맺으며 나머지 네 명의 사람이 나를 좋아하는 사람으로 만들어 가면 되는 것이다.

믿음과 신뢰를 바탕으로 당당하고 떳떳하지만 겸손한 모습으로 나를 좋아하는 사람이 내 곁에 오게 하면 된다.

나의 험담에 일희일비하지 말고 그럴수록 더욱더 자신을 믿고 겸양의 자세로 살아가는 것이 현명한 방법입니다.

함부로

가족

　한집에 살면서 가장 가까우면서 때로는 사랑하기도 미워하기도 하는 가족.

　의외로 우리는 가족에게서 상처를 많이 받는다. 가깝기 때문에 이해해 줄 거라는 믿음에서 무례하게 함부로 대하고 만다.

　가까울수록 넘지 말아야 할 선이 있듯 가족 간에도 꾸준하게 관심도 가져주고 서로를 인정하고 존중하며 예의 바르게 대해야 한다. 그래야만 오래도록 가까이서 행복하게 지낼 수 있다. 가족일수록 거친 행동과 표현을 조심하고 고운 말과 좋은 말을 하게 되면, 집안의 분위기가 확 달라진다.

우여곡절 인생길 속에서 발버둥 치지만 그런데도 버틸 수 있는 이유는 사랑하는 가족이 있어서, 인생은 그만큼 살 만한 가치가 있습니다.

껍질과
속살

살아 있는 모든 것은 껍질로 쌓여 있다.

껍질 속에서 여러 달 쌓여 있어야 자랄 수 있다. 속살은 달콤함과 새콤함, 고소함 등으로 농익는다. 아이가 태아와 세상 속에서 부모의 사랑으로 보살핌을 받듯이 삶의 모든 것은 어느 정도 적정한 수준까지는 쌓여 있어야 한다.

하지만 너무 오래 껍질에 감싸 두어서도 안 된다.

오래도록 감싸 두기만 하는 것은 상처를 초래하는 것과 같다. 껍질 속에서 충분히 성장한 뒤에도 껍질 속에 갇혀 있다면 내면에서부터 망가지거나 썩기 시작한다. 목적을 다한 껍데기를 벗어 던지고 세상 밖으로 나와 달콤함과 새콤함, 고소함 등으로 자신을 드러내고 나타내야 한다. 그것이 껍질과 속살의 사명이고, 우리 인간의 여정이기도 하다.

껍질에서 벗어나는 일은 끝이자 새로운 시작입니다.

싸움의
본질

싸움의 본질은 무지와 오해에서 비롯됩니다.

서로가 죽일 듯이 으르렁대고 싸웁니다. 그렇게 시간이 흐르고 잠시 뒤, 심호흡과 함께 감정을 가라앉히고 차근차근 정리해 보면 굳이 싸우지 않아도 될 이유가 보이기 시작합니다.

싸움의 원인이 정확하게 보이고, 그제야 무지를 깨우칩니다. 오해를 바로잡고 보면 참 별것도 아닌 일로 괜한 싸움을 했다는 생각이 듭니다.

결국은 싸우게 된 본질에 대한 무지와 오해가 싸움
으로 번지게 되는 것입니다.

싸움의 문제 본질을 넘어 새로운 세계관과 삶의 철
학으로 삶에 대해 새롭게 눈떠야 하지 않을까 싶습니다.

역지사지의 마음가짐으로 살면 싸우지 않고 행복하
고 살맛 나는 삶을 살 수 있습니다.

위로와

치유의 언어 접촉

우리는 태어남과 동시에 죽음을 맞이할 때까지 수많은 사람과 만나며 삽니다.

그런 접촉으로 위로와 치유를 받으면 안고 있던 고통도 가벼워집니다. 홀로 감당하다 얻은 응어리도 풀어집니다.

우리의 생각이 만들어 낸 단단한 벽들도 누군가의 부드러운 손길에 무너져 내리곤 합니다.

어떤 이는 타인이 들어오는 것을 겁내기도, 상처받을

까 봐 두렵기도 할 것입니다. 하지만 접촉이 주는 위안을 경험하고 나면 혼자 고통을 이겨내기보다는 위안을 구하기도 합니다.

상처 받거나 거부당하거나 이용당할지도 모른다는 두려움과 걱정 밑에, 무수한 변명과 핑계 밑에 깊고도 순수하며 온전해지는 맥박이 기다리고 있습니다.

아플 때 이마와 배를 어루만져 주던 손, 말없이 어깨와 등을 토닥여 주는 손, 아무 말 없이 꼭 안아 주는 모습에서 보더라도 때로는 무언의 몸짓이 마음을 가장 잘 전달해 줍니다.

접촉은 연민의 부드러운 손길이자 위로와 치유의 언어입니다.

3 장

용기를

내어

나아가다

거울 속

나와의 대화

　살다 보면 그 누구에게도 말하지 못할 비밀이 있다. 누구에게도 말하지 못하고 혼자 끙끙 앓으며 자신의 마음 깊숙한 곳에 꼭꼭 숨겨 두고 싶은 비밀이 있기 마련이다.

　다만 그 어떤 말 못 할 비밀 중에서도 훌훌 털고 가야 할 비밀도 있다.

　만약 털어내고 싶은 비밀이 생겼지만 어떻게 해야

할지 모르겠다면 거울 속의 나와 대화해 보기를 바란다. 용기 내어 거울 속에 비친 나를 객관화해 대화하는 방법이다.

거울 속 나는 나만을 두둔하거나 칭찬하거나 외면하거나 다그치지 않는다. 있는 그대로의 나를 들여다보며 잘잘못을 알 수 있게 이야기해 준다.

그렇게 오가는 대화 속에서 편협하고 가식적인, 진실하지 않은 나의 모습을 발견하게 되며 반성도 하게 된다. 그로 인해 떳떳하고 당당한 모습으로 나만의 삶을 살아가게 해 준다.

있는 그대로 털어놓고 대화하다 보면 답답한 마음은 홀가분해질뿐더러 정서적으로도 안정감을 주기에 매우 좋다. 쓸쓸하고 심란한 마음과 우울한 감정도 떨쳐 낼 수 있도록 정화 작용을 해 주기 때문에 정상적인 삶의 활동에도 큰 힘이 되어 준다. 스트레스도 발생하지 않는다. 비밀이 새어 나갈 이유도 없다.

중요한 것은 제삼자의 눈으로 바라보고 냉정하고 냉

철하게 바라보고 대화해야 한다. 거울 속 나와 거울 속에 비친 나는 실오라기 하나 걸치지 않는 모습이어야 한다. 끝나고 나면 알 수 없는 뜨거운 눈물이 흐르고 있음을 느끼게 될 것이다.

당신 안의 깨끗한 나를 만나길 응원합니다.

한 걸음만 떼면

사라지는 것

두려움만큼 별안간 느닷없이 나타나 눈 깜빡할 사이에 우리의 삶을 송두리째 점령해 버리고 앗아가 버리는 감정은 없다.

자신감에 자신을 맡기고 상황에 자신을 내던져야 하는데, 두려움에 망설이거나 머뭇거리다가 결국 여지없이 부딪히거나 상처를 입고 만다.

내 안에는 말과 달리 행동하는 내가 있다.

언제나 두려움이 앞서겠지만, 나 자신을 눈멀게 하는 것은 내가 아닌 두려움이다.

나의 두려움이 내가 되지 않기를.

주저 없이 한 발 내딛고 들여놓으면 자신이 원하는 삶을 자신 있게 쌓아 갈 수 있습니다.

마음으로

듣기

듣는다는 것은 내면 깊은 곳에서 비롯된다. 우리는 살아오면서 겪은 만큼의 삶의 이야기에 귀 기울이고, 삶에서 가슴을 열어 놓은 만큼만 고통과 기쁨을 이해할 수 있다.

듣는 귀는 가슴에서 자라는 마음과 같다. 그러므로 진정한 듣기를 위해서는 두 가슴을 가로막고 서 있는 것들을 모두 무너뜨려야 한다.

용기를 내어 진정으로 상대의 말에 귀 기울여 보자. 상대가 사랑처럼 느껴질 것이다. 그의 말에 귀 기울이면 모든 것이 또렷하게 들리고 아름답게 변할 것이다.

마음으로 들을 수 있어야 또렷하게 들리고, 모든 것을 들을 수 있게 되는, 그것이 듣기입니다.

버리고

놓아야 할 타의식

간혹 누군가가 나의 일거수일투족을 주시하고 감시한다고 생각하는 사람들이 있다. 내가 한 말과 일, 하지 않은 말과 일을 타인이 어떻게 생각할지 끊임없이 신경 쓰며 사는 사람들이다. 자의식의 내가 만들어 낸 눈인데도 그 씨앗들을 짊어지고 다니는 경우다.

자신을 지나치게 면밀히 관찰하거나 이런저런 행동이나 말 등이 실수는 아니었는지 걱정하면서 초조와 불안에 시달리면, 기쁨을 느낄 수 있는 가능성과 자발성에 문제가 생긴다. 지나치게 비대해진 성취 욕구가 명예욕으로 바뀌는 이유도 타인들이 나를 주시하며 판단하고 있다는 부담감 때문이다.

몸을 열고 타인의 시선에서 자유로워지면 편안하게 숨 쉴 수 있다.

타인의 의식에서 벗어나면 삶이 고요하고 생기 있게 흐르고, 자유롭고 평안함이 시작되는 것을 알 수 있게 됩니다.

가시밭길의

끝은 꽃길

　세상과 인생의 밝은 면을 보고 희망차고 긍정적인 태도로 살아가는 사람을 낙관주의자 옵티미스트Optimist 라 합니다.

　무작정 모든 것에 긍정하는 것도 아닌, 어려운 환경이나 여러 감정과 스트레스에 적극적으로 대처하고 해결 방법을 찾아내는 사람을 지칭하는 말로 행동하는 긍정주의자입니다.

　버겁고 지치고 힘든 상황에 꼭 필요한 마음가짐이지

만, 아쉽게도 가장 빨리 사라지는 마음이기도 합니다.

　나의 마음 상태는 어떠한지 물어봅니다.

　세상을 밝고 희망적으로 보려 하는지, 아니면 어둡게 낙담하며 보는지 자신에게 질문해 보고 잠시 성찰해 보면 어떨까 싶습니다. 혹시나 극단적 비관주의나 부정적 편향에 빠져 있다면 차분하게 차 한 잔 마시며 자신의 관점을 바꾸어 보는 것도 도움이 됩니다.

　매일 저녁 오늘 하루 중 좋았던 일과 힘들었던 일을 떠올려 보고, 왜 그렇게 느꼈는지 그 이유를 생각해 봅니다. 일기나 바둑의 복기처럼 하루를 돌아보기도 좋고, 가족 간의 대화를 통해서도 좋습니다. 중요한 것은 어려운 현실을 냉철하게 바라보되 미래에는 괜찮아질 것이고, 결국에는 이겨내리라는 희망을 놓지 않아야 합니다.

　잠시 눈을 감고 희망찬 다음 해를 떠올려 봅니다. 부정적인 감정이 생각을 엉키게 하고, 지친 몸이 생각을 멈추게도 할 겁니다. 그런데도 편안한 상태에서 몸과 마

음을 먼저 챙겨 꾸준히 긍정적인 관점을 훈련해 보는 것
도 도움이 됩니다.

힘들어 지쳐 포기하는 마음보다는 긍정적인 좋은 마
음으로 앞날을 준비하면 좋을 것 같습니다.

이겨 낼 수 있다는 긍정적인 마음가짐에 밝은 모습
의 미래가 선물처럼 다가옵니다.

걷어 내고

벗어야 한다

우리는 너 나 할 것 없이 자신의 본모습을 숨기고 사는 데 너무 많은 에너지를 쏟으며 살아간다.

그러한 밑바탕에는 사랑받고픈 갈망의 마음이 있다. 분노의 밑에는 치유해야 할 상처가 있으며, 슬픔의 밑에는 시간이 충분하지 않을지도 모른다는 두려움이 숨겨져 있다.

솔직해도 될지 머뭇거리고 주저하게 되면 자신도 모르게 무언가를 뒤집어쓰게 된다.

세상을 올바르게 느끼지 못하게 만드는 또 다른 보호막을 뒤집어쓰게 되는 것이다. 보호막을 뒤집어쓰는 데에는 흔히 외로움이 원인이다. 보호막을 벗어던지지 않으면 기쁨을 만끽할 가능성은 점점 더 줄어든다.

우리는 무언가를 만질 때마다 급기야 장갑을 끼다가 자신이 장갑을 끼고 있다는 사실조차도 잊어버리고 아무것도 생생하게 느껴지지 않는다고 투덜거리기에 이른다.

그런 우리는 매일 세상과 직면하기 위해 옷을 차려입는 것이 아니다.

지금부터 포옹의 따뜻함을, 비를 맞는 축축함을, 키스의 부드러움과 황홀함을 느낄 수 있도록 보호막과 장갑을 걷어내고 벗기로 하자.

두려움 없이 세상과 직면하면 세상을 느낄 수 있고 삶을 후회 없이 살 수 있습니다.

진정한

양심을 가지려면

진정한 양심을 지닌 사람은 자신의 문제를 적나라하게 들추어내어 자기비판을 할 수 있는 단호한 결단과 용기가 있어야 한다. 또한 구차한 변명거리나 만들어 내는 소인배처럼 비겁하게 양심의 가책도 느끼지 않으며 모른 척하고, 부패하고 썩은 치부를 덮어 두려는 철없는 짓을 용납해서도 안 된다.

양심은 사물의 가치를 변별하고 자기의 행위에 대하

여 옳고 그름, 선과 악의 판단을 내리는 도덕적 의식을 말한다.

자신의 행위에 대하여 도덕적인 책임을 생각하는 감정상의 느낌 즉, 자기 자신의 행위에 대하여 스스로 그 행위에 대해 평가하는 것으로부터 생기는 것이다.

양심은 부여된 것도 아니고 진화의 결과로 생겨난 것도 아닌 사람들의 사회적 지위, 그가 받은 교육 등에 의해 형성되는 것이다.

양심은 의무를 수행할 때는 맑아지고 그것을 거부할 때는 번뇌하게 됩니다.

마음의 기상 법칙

자신감

주변의 고통이나 잘못을 성급하게 내 탓으로 돌리고 판단하는 사람이 있다. 갑작스러운 저기압으로 내면이 고립되어 폭풍우에 시달리게 되는 것이다.

사람들은 흔히 자기중심적인 사람을 자만심이 강하고 우쭐대며 이기적이라고 평가한다. 하지만 지나친 자책감과 시름을 반복하면서 자신이 초라하게 느껴지고 세상과의 일체감이 사라졌을 때 자기중심적으로 변하는 경우가 더 흔함을 알게 되었다. 고립된 것 같을 때 더욱더 부정적이고 자기중심적인 사람으로 변해서 상황을 개선하지도 못하고 나쁜 일을 방치하면서 자신을 탓하는 것이다.

우리는 서로에게 영향을 미치고 산다. 하지만 타인의 기분이 자신에게 달려 있다는 생각은 자신을 희생과 죄의식의 순환 속에 가두는 자기 억압의 씨앗에 불과하다. 부정적인 자기중심성이 극에 달하는 순간 스스로 터무니없이 많은 짐을 떠맡는다.

자존감이 곤두박질쳐서 안 좋은 상황들이 모두 내 탓으로 여겨지는 순간이 오더라도 발밑에서 돌아가는 대지의 속도를, 머리 위를 떠도는 구름의 속도를, 고통이 지난 후에 열리는 마음의 속도를 느끼려 해 보자. 그러면 어떤 마음보다 위대한 힘, 어떤 순간보다 인상적인 시간을 자각하게 된다. 그것은 자신감이다.

진정으로 자신에게 충실한 것이 곧 마음의 기상 법칙인 자신감입니다.

감정의

무지함

우리는 감정에 무지해 착각 속에서 살아간다. 의식의 표면 아래에 있는 것들은 무엇이든 두려워한다.

그렇지만 표면 아래를 들여다보고 싶은 욕구 또한 있다.

아무도 이해해 주지 않아도 타인에게 자신을 있는 그대로 드러내면 마음속 깊은 곳에서부터 '이게 본래의 내 모습이야'라고 말할 수 있게 된다.

우리는 보이지 않고 느껴지지 않는 미지에 대해 두려움으로, 깊은 느낌은 슬픔으로, 평화로운 느낌은 권태로 착각하며 살아간다.

내면에 억압되어 있던 것들을 끄집어내는 것은 두렵고도 신성한 일이며, 끄집어내면 모든 것이 달리 보이고 달라집니다.

겸손의 힘

겸양을 겸비하면

요가 동작 중에 아기 자세가 있다. 무릎을 꿇은 채 머리를 가슴보다 낮게 만드는 자세다. 태아가 엄마의 자궁 속에서 편안한 휴식을 취하는 모습을 본뜬 동작으로 몸과 마음의 긴장을 풀어 주며 혈액 순환을 원활하게 해 주는 효과가 있다고 한다.

머리는 가슴 아래에, 생각은 느낌 아래에, 의지는 고차원적인 질서 아래에 있음을 받아들이는 것이 겸양이며, 이런 받아들임이 결국 축복의 열쇠다.

머리를 굽히면 세상은 우리에게 그 기쁨의 맛을 느끼게 해 준다. 머리를 끊임없이 가슴 아래에 두는 훈련을 하지 않으면 자아는 점점 커지며, 스스로 자신을 굽히지 않으면 삶이 우리를 굴복시켜 버리게 된다.

진정한 겸손의 겸양은 자신에게 한계가 있다는 것을 인정하면서부터 꽃 피어납니다.

몸짓의 언어

춤을 체현하자

체현은 말로 생각을 표현하듯이 몸짓 언어인 춤으로도 생각을 표현하는 것을 말한다.

비바람에 의해 기암절벽이, 물살에 의해 물길과 자갈이 만들어지듯이 살아 있는 존재도 그것들을 관통하는 감정과 경험에 의해 끊임없이 변모한다.

감정이 흐르지 않으면 몸의 중심도 바스러지고 만다.

그러나 몸짓으로 표현해야 할 감정이 아주 많을 때에도 감정들은 우리의 몸에서 온전히 흐르지 못한다. 마음의 병은 대부분 안에 쌓아둔 감정들이 마음을 압박할 때 일어나기 때문이다.

체현은 내면의 축적물을 끊임없이 풀어내는 훈련이다. 몸으로 충만한 삶을 살게 도와주는 방법이다.

몸과 마음, 정신이 고통스럽게 층을 이루도록 내버려 두지 않고 정신으로 상처를 어루만지고 느끼는 것이 체현이다.

말을 표현하듯 몸짓의 언어인 체현은 마음과 정신, 몸을 하나의 살갗처럼 만들어 줍니다.

4 장

최선을

다하는

지금

문턱을

넘으려면

　우리는 하루하루 무수히 많은 문턱을 넘나들며 살아
가고 있다.

　문턱은 안과 밖의 경계를 두고 칸막이 역할을 하는
상징성을 지니고 있지만, 그 경계의 안과 밖을 느끼며
사는 우리는 문턱을 어떻게 대하며 살고 있을까?

　풍년과 흉년 사이의 결실의 문턱, 대학 진학과 진급
의 문턱, 취업과 결혼 생활의 문턱, 지독한 마음병과 관계의 문턱... 매일 숨 가쁘게 문턱을 넘나들며 살아가는 우리다.

우리는 언제나 한고비 문턱을 넘으면 또 다른 문턱을 넘기 위해 온 힘을 다한다. 그리고 문턱을 넘고 나면 아무것도 아니었음을 깨닫는다.

현실의 고통과 대면하는 용기와 도전이 필요하다. 문턱을 넘는 방법을 터득하려는 작은 용기의 촉발이 필요하다.

우리는 어쩌면 매일 문턱을 서성거리는 존재인지도 모르겠다. 가난의 문턱을 넘어서듯이 우리 모두 어떤 환경이나 상태에서 벗어나 문턱을 내 집 드나들듯 할 수 있었으면 좋겠다.

시작되거나 이루어지려는 무렵의 문턱에는 삶의 의미와 애환이 담겨 있습니다.

어디로

가는지 몰라도

자세히 보면 새들의 비행에는 우리를 겸허하게 만드는 심오한 가르침이 들어 있다.

새들은 날개를 쫙 펼침과 동시에 대기를 가른다. 머뭇거림과 동시에 곧 거침없이 과감하고 자신 있게 날개를 펴서 위아래로 펄럭이며 미끄러지듯 하늘을 날고 땅에 내려앉는다.

새들에게는 나는 행위 자체가 목적이다. 이동하고 먹

이를 찾아다니기 위함이기도 하지만, 비행을 할 때에는 높이 떠 있는 것 자체가 새들의 참 목적이다.

그런 우리는 지상에서도 비상할 수 있는 능력을 스스로 꺾어 버리고 목적지에 대한 생각에만 골똘히 사로잡혀 산다. 열정의 날개를 충분히 펼치지 않아서 자신의 재능을 발견하지 못하고 자신의 심장을 멎게 만드는 것은 사람뿐인 것 같다.

나 자신이 오롯해야 무엇이든 할 수 있고, 그 무엇에 갈 수 있다.

새들처럼 우리도 노래 부르며 날아야 한다. 모든 계획이나 설계는 때가 되고 나면 떠나야 할 둥지 안의 나뭇가지들에 지나지 않기 때문이다.

새들은 날아가는 목적지가 어디인지는 몰라도 나는 법을 배웁니다. 날 수 있어야 목적지에 이를 수 있습니다.

능선을

넘어서는 힘

모든 산에는 능선이 있다. 능선은 산의 봉우리에서 봉우리로 이어지는 산등성이의 선을 말한다. 평지에서 산을 볼 때 하늘과 산줄기가 맞닿은 것처럼 보이는 선이다.

산을 넘거나 오르기 위해서는 능선에 올라서야 한다. 정상에 거의 다 올랐다면 9부 능선이 되는 것이다.

높은 건물이나 빌딩이 없던 옛날 사람들이 가장 많이 볼 수 있는 것이 산이었다. 그래서 옛사람들은 어떤 일을 할 때 흔히 등산에 비유했다. 일을 어느 정도 했는가에 따라서 8부 능선이나 9부 능선에 올랐다고 표현하곤 했다. 9부 능선에 다다랐다는 말은 하려던 일을 거의 마치고 마무리 단계에 이르렀다는 의미다.

우리의 삶에도 능선 없는 삶은 없다.

능선은 고비와도 같지만, 능선을 넘고 나면 해냈다는 자신감과 할 수 있다는 용기가 생기며, 능선을 넘을 수 있었던 지혜와 혜안을 덤으로 얻게 된다.

하나의 능선을 넘을 때마다 현명함의 지혜가 쌓인다는 것을 명심하면 좋겠다.

능선을 넘어서는 힘으로 산다면 그 어떤 고난과 역경도 다 이겨 낼 수 있는 내공이 생깁니다.

나무가 주는

지혜

　자신의 마음이 원망이나 상실감, 슬픔과 괴로움에 휩싸여 있을 때, 우리에게 지혜가 필요하다.

　누구나 삶의 부정적이고 어두운 흐름을 경험하고 싶어 하지는 않는다.

　그렇다고 무작정 피하는 것이 능사는 아니다. 언젠가 겪고 넘어가야 할 어두운 흐름임을 인정해야 한다. 나무가 거친 폭풍우와 뜨거운 햇볕과 혹한의 겨울을 오롯이 맞으며 견뎌내듯이 말이다.

얻음과 상실, 칭찬과 비난, 기쁨과 슬픔이 바람처럼 오가는 한가운데서도 자신만의 쉼을 쉴 줄 아는 지혜를 배우고 또 배워야 한다.

모진 풍파를 견뎌 낸 나무에 탐스럽고 맛있는 열매가 맺히듯, 우리도 힘들고 어려운 일들을 견뎌 내고 이겨 내는 만큼의 행복을 훗날 만나게 될 것입니다.

잘 익어 가는

감처럼

지식이 많은 사람은 넘쳐나지만
지혜로운 어른을 만나기 힘든 요즘
타인의 시선과 세상의 간섭에서
휘둘리지 않는 나로 살아가는 어른이길 바란다
계절이 지나감에 따라 서서히 변하고
알맞게 익어도 탐스럽고 더 익으면 홍시가 되고
시간이 흐르면 곶감도 되는 감처럼
잘 익어 가는 그런 어른이길 바란다

온전한 나를
만나는 시간

러너스 하이Runners high는 운동을 했을 때 신체적인 스트레스로 인해 발생하는 행복감을 말한다. 러너스 하이를 경험한 사람들은 '하늘을 나는 느낌'이라거나 '꽃밭을 걷는 기분'이라고 표현한다.

1분에 120회 이상의 심장 박동 수로 30분 정도를 달리다 보면 러너스 하이를 느낄 수 있다. 러너스 하이를 이야기할 때 주로 달리기를 말하지만 수영, 사이클, 야

구, 럭비, 축구 등 장시간 지속되는 운동이라면 어떤 운동이든 러너스 하이를 느낄 수 있다.

특히 마라톤 선수들이 훈련을 할 때 극한의 고통을 넘어 35킬로미터 지점쯤 되면 러너스 하이를 경험할 수 있는 것으로 알려져 있다. 마라톤은 42.195킬로미터를 어떻게 달릴 것인가의 문제다.

즉 인내심과 정신력의 싸움에서 자신과 싸워 이기는 일이다. 자신과의 처절한 싸움을 해야 하고, 2시간 이상 페이스 조절을 하며 계속 달려야 한다. 흔히 마라톤을 올림픽의 꽃이라고 하는 이유는 그 어떤 종목보다도 대단한 정신력을 필요로 하기 때문이다.

그렇지만 우리는 마라톤보다 훨씬 긴, 인생이라는 마라톤을 혼신의 힘을 다해 달리고 있다.

마라토너는 2시간여 동안 언제 치고 나갈지, 어느 위치에서 어디까지 이대로 갈지, 힘들어 포기할지 자신과 수도 없이 싸우며 자신을 발견한다.

인생이라는 마라톤을 달리고 있는 우리도 끊임없이 자신과 싸우며 자신을 발견해 가고 있다.

지금 하고 있는 것의 끝까지 가 보기로 하자.

길 끝에 답이 있고 그 길 위를 달리는 우리는 길 끝에서 러너스 하이를 맛볼 수 있을 것이다.

인생의 길 위에서 자신과의 싸움은 늘 존재하므로 거기에서 자신을 알고 이겨 내야 자신을 성장시켜 나갈 수 있습니다.

자신을

돌아봐야 하는 이유

경험이 많을수록 착각하기 쉬워진다.

그래서 경험이 적은 아이들은 착시를 더 적게 경험한다. 아이들은 정보와 경험이 많지 않기 때문에 오히려 어른들보다도 더 정확하게 세상을 파악할 수 있다.

어떻게 보면 아이들이 어른들보다 더 똑똑하고, 어른들이 아이들의 생각보다 더 영리하지 못한 경우도 많다.

아이들은 변화에 빠르고 능동적으로 적응해 나갈 수

있지만, 어른들은 자신의 경험 속에 빠져 그것이 전부인 줄 착각하며 산다. 변화에 대처하며 살아가기가 쉽지 않은 이유다.

그럼에도 굴곡진 삶 속에서 희로애락을 느끼며, 삶을 돌아볼 나이가 되면 인생이 길게 느껴지고 참 인생의 맛을 느끼고 행복을 깨닫게 될 것이다.

세상도, 나도, 의식도 모두 제자리에 있지 않고 변화합니다. 경험에 굳어지지 않기 위해, 변화에 능동적인 가운데 새로운 경험을 바탕으로 늘 자신을 돌아봐야 합니다.

나의 무게

걷는 것을 좋아해 산책이나 산행을 즐긴다.

걷다 보면 얻는 것이 많다. 건강에도 좋을뿐더러 주변의 것들을 보고, 느끼고 음미할 수 있다. 일상의 빠른 흐름 속에서 나만의 속도와 걸음걸이로 걸으며 나의 무게도 체감하게 된다.

평소에도 엘리베이터나 에스컬레이터를 이용하기보다는 계단을 이용한다. 편리함과 안락함에만 머무르지 않고 게으름과 나태함을 예방할 수 있어 좋다.

계단을 내려갈 때에는 느끼지 못하지만 올라갈 때 나의 무게를 오롯이 느낄 수 있다. 꽤 긴 계단을 오를 때면 처음에는 가볍게 올라가지만, 점차 숨도 차오르고 다리 근육이 뻐근해지면서 속도도 느려진다. 운동 부족으로 힘든 것인지, 나이가 들면서 자연스럽게 힘든 것인지 모르지만, 아마도 내 몸 안 욕심의 묵은 때와 찌꺼기가 켜켜이 쌓여서 힘든 것인지도 모르겠다.

허벅지에서 느껴지는 묵직한 당김을 체감하며 어떻게 하면 가벼운 몸으로 움직이며 살아갈 수 있을지 물어본다.

운동과 함께 욕심과 욕망의 찌꺼기를 비우고 씻어내자.

내 안의 욕심의 묵은 때와 찌꺼기를 묵혀 두면 그 무게만큼 힘들게 살아가게 되고, 비우고 씻어 내면 그만큼 가볍고 홀가분하게 살아갈 수 있게 됩니다.

색안경

사람들은 각자 자신만의 색안경을 쓰고 살아간다.

그 각각의 안경 색깔로 자신의 모습은 물론이고 세상과 사물, 사람과 생각, 그리고 마음까지도 실제와는 전혀 무관하게 파악하거나 일괄적으로 취급하고 만다.

자신의 견해와 태도가 옳다고 내세우고 주장하는 것처럼. 눈을 감고 만지는 것이 전부라고 하는 것처럼.

세상과 사물, 사람과 생각 그리고 마음의 모습에 다

름이 있는 것이 아니다. 각자가 쓰고 있는 색안경 때문에 본래의 모습과 전체의 모습을 온전하게 보지 못하는 것일 뿐이다.

색안경을 벗고 있는 그대로 파악하고 대할 때 비로소 시시비비의 문제가 아니었음을 알게 된다.

겹겹으로 왜곡되고 굴절된 시선과 사고를 가졌던 그간의 삶이었다면, 그 결과가 모순과 혼란의 악순환이지 않았을까. 고통과 불행의 심화로 나타나지 않았을까. 앞으로 우리가 보고, 듣고, 찾고, 얻고자 하는 것은 지금부터 색안경을 벗는 것에서부터 가능하지 않을까 싶다.

색안경을 벗고 있는 그대로 들여다보면 세상 모든 것이 선명하게 드러납니다.

인생은

모든 순간이 위기

우리는 왜 남들과의 경쟁에서 이겨서 더 빨리, 더 멀리, 더 높이 가려 할까. 더 많이 가져야 그것이 성공적인 인생을 사는 길이라고 여기는 것일까.

인생길에는 수많은 위기가 있다.

한 위기를 넘으면 다른 위기가 오고, 이어서 새로운 위기가 찾아온다. 한 번 경쟁에서 이겼다고 다음 경쟁에서 이기리란 법도 없다.

문득 남과의 비교와 경쟁이 부질없다는 것을 깨닫게 되었다. 자고 나면 찾아와 덮치는 삶의 위기들을 자세히 살펴보면 타인과는 아무런 관계도 상관도 없는 것이다.

위기와 맞닥뜨린 나는 홀로 내 앞에 버티고 선 위기들을 넘을 것이고, 그들 또한 그들이 마주한 위기들을 넘을 것이다. 그러니 나는 그저 나에게 주어진 운명과도 같은 이 길을 포기하지 않고 최선을 다해 걸어간다면, 그것으로 최고의 인생을 사는 것이 아닌가 싶다.

승자와 패자는 승패를 가리는 경쟁일 뿐 영원하지 않다.

우리가 살아가는 모든 순간이 바로 위기이자 인생입니다.

믿음의
확신

　연어는 상류로 거슬러 올라가는 동안 끊임없이 물살에 부딪히고 가로막힌다. 그러다가 물살이 가장 센 곳에 다다르면 그곳으로 힘차게 뛰어오른다.

　물이 막힘없이 세차게 흐르는 곳에는 장애물이 없음을 알기 때문이다. 힘들고 죽을 수도 있지만 가장 확실한 길이자 분명한 길임을 알기 때문이다.

　연어를 보면 안팎의 역경들과 직면해야만 진정으로 문제를 극복할 수 있음을 말해주는 것 같다.

타인과의 갈등을 회피하거나, 위험 부담 때문에 사랑을 거부하거나, 일상을 더욱 충만하게 해 줄 영혼의 부름에 손을 내저을 때처럼 삶의 여정에서 막힌 길은 여러 가지 형태로 나타난다.

아무리 상처를 입어도 넘어졌다가 다시 일어서는 투지와 마음의 힘은 우리에게 있다.

연어처럼 온몸으로 역경을 헤쳐 나가려는 정신과 행동을 배운다면 당신의 길이 달라질 것입니다.

한계를 넘어

또 다른 진화로

한계는 또 다른 진화를 부른다
무너지고 실패해도 우리는
무너진 것 이상의 존재로 신비롭게 거듭난다

나도 무너지거나 실패한 적이 아주 많았다
덕분에 내게 허락된 몫보다 더욱더
다양한 삶을 살고 있다
젊음과 나이듦의 멋과 맛을 동시에 느끼며

마음을 잃지 않고 신선하게 살아가고 있다

무너질지 모른다는 두려움은 여전하지만
두려움마저도 삶의 리듬이자 한 부분임을 알기에

나를 돌아보고

바라보기

몇 년 전 과거의 기억 속으로 천천히 가 보는 겁니다. 그해 봄, 여름, 가을, 겨울에 나는 무엇을 했고, 어떤 생각으로 살았으며 어떤 마음가짐이었는지.

그리고 한 해의 끝자락에서 나의 모습을 돌아보고 몇 년 후 내 모습은 어떻게 되어 있을지 여행을 떠나 봅니다. 이전의 나는 무엇이 문제였고, 어떤 잘못을 했는지, 내 생각은 올바른 것이었는지, 노력은 했는지, 이기적이고 계산적이지 않았는지 되짚어 봅니다. 나만을 위한 삶을 살지 않았는지, 친구와 가족에게 했던 말과 행동 그로 인해 상처 주었거나 아파했던 일은 없었던지 질문해 봅니다. 있는 그대로의 나를 만나 보는 겁니다.

한 걸음 더 나아갔는지, 제자리걸음만 했는지, 뒷걸음질 쳤는지. 반성과 용서를 빌 일이 있거나 그때 하지 못했던 것이 있다면 지금이라도 바로 합니다.

정리되었다면 추억과 미래 여행을 떠나 본 지금, 내 생각과 모습을 기억 속에 잘 각인시켜 앞으로 당신만의 멋진 인생길을 걸어가면 됩니다.

당신은 이미 당신이 꿈꾸는 미래를 걸어가고 있습니다.

존경을 넘어
공경받는 사람

안연은 공자가 가장 사랑하고 아끼던 제자였지만, 일찍 죽음을 맞이해 공자가 몹시 안타까워한 제자이기도 했다. 그런 안연이 스승인 공자를 두고 한 말은 스승의 날 노랫말에도 들어 있다.

우러러보면 볼수록 더욱 높아지고, 뚫고 가면 갈수록 더욱 단단하고 앞에 계신 것을 보았는데 어느새 갑자기 뒤에 계신다. 선생님께서는 사람을 차근차근 잘

이끄셔서 학문으로써 나의 사고의 폭을 넓혀 주고 예로써 나의 행위를 절제해 주니 그만두려고 해도 그만둘 수가 없다. 나의 재능을 이미 다 써 버리면 마치 앞에 새로운 목표물이 우뚝 솟아 있는 것 같다. 비록 그것을 따라가려고 해도 따라갈 수가 없다.

존경은 한 사람의 인격과 사상 또는 행위 등을 받들어 높여 공경함의 이성적이고 도덕적인 감정을 말한다.

존경의 대상과 가치는 개개인마다 다양하다. 반면, 공경은 공손히 섬김을 뜻한다. 한 사람의 지혜와 덕을 추앙하고 존경하는 것이다. 그 사람을 높이 받들고 존경하면서 스스로는 낮추고 겸손하는 마음과 자세를 말한다.

존경을 넘어 공경받을 수 있도록 참스승을 찾아 뜻을 되새기는 공부를 게을리하지 않아야 하겠다.

우리는 모두 그 누군가의 제자였고 스승이었으니.

사람은 공부가 깊어지면 깊어질수록 내면은 더욱 깊어지고 넓어져 기품과 품위를 지니게 됩니다.

그림자

복싱

10대 중반에 아르바이트로 스파링 파트너를 했다.

한 체급 위의 파트너와 대전 형식으로 연습을 진행해 기술을 익히고 체력을 단련시키기 위해 스파링을 한다.

컨디션이나 기술의 정도에 따라 횟수를 고려하지만, 가장 실제 경기에 가까운 형식의 연습 프로그램이라 선수 입장에서는 굉장히 중요하다.

흔히 혼자 하는 연습을 섀도복싱이라고 한다. 샌드백도 없이 허공에 대고 가상으로 상대를 이미지화하여 연습하는 것을 말한다. 선수는 거울 앞에 서서 자신의 모습을 보면서 오로지 이기기 위해서 끊임없이 땀 흘리며 연습한다.

거울 앞에 서면 단 한 사람과 마주한다.
바로 자신이다.
자신을 이기면 한계를 넘어설 수 있다.
무언가를 바라거나 이루고 싶은 것이 있다면 거울 속의 한 사람만 이기면 된다. 하수는 세상과 싸우고, 고수는 자신과 싸운다는 말이 이를 증명하는 것이다.

자신을 이김으로써 자신을 이긴 것에 만족하고 한계를 극복해 나아갈 수 있습니다. 또한 자기 자신을 낮추고 비우면 자신을 다스릴 수 있는 더 큰 자신을 만나게 됩니다.

허물을

벗어던지고

나의 내면에 어떤 기능이 다한 것이 있다면 바꿔야 한다. 자신이 아끼는 것 가운데 활기를 잃은 것이 있다면 무엇이든 버려야 한다.

애벌레가 허물을 벗어 탈피하듯 죽은 살갗을 벗어던져야 한다. 죽은 살갗은 느끼지 못하고, 죽은 눈은 보지 못하며, 죽은 귀는 듣지 못하기 때문이다.

과거의 구태의연한 사고방식이나 낡은 관계 방식이나 믿음 등으로부터의 탈피는 자기 변혁의 길을 열어 준

다. 이런 쇄신을 거부하면 삶과 사람 사이에서 무너지거
나 주저앉아 버린다.

우리는 어떤 식으로든 불가피하게 많은 변화를 경험
한다. 확실히 삶은 쉽지 않다. 경이롭기도 하지만, 위태
롭기도 하다.

부딪힘과 갈등을 피하려는 단순한 생각으로 가장 민
감한 살갗을 드러내지 않으면 모든 소중하고 진실한 것
에서부터 멀어질 수도 있다.

허물을 벗어던지고 끊임없이 탈피하는 사람은 변혁
의 길을 갈 수 있게 됩니다.

아기의 첫걸음,

여정의 시작

아기가 조심조심 삶의 한 발 한 발을 내딛는다.

넘어지고 일어서기를 반복하며 내딛는다.

넘어진다는 두려움에 초점을 맞추다 보면 오히려 걸음걸이가 불편하고 자꾸만 넘어지게 된다. 하지만 앞으로 초점을 두고 걷게 되면 자연스럽게 앞으로 걸음을 내디딜 수 있다.

아기가 첫걸음을 내딛듯 우리도 조심조심 앞을 보고

균형을 잡으며 걸음을 떼고 있는 것이 아닐까 싶다.

길은 두려웠고 어둡고 보이지 않았지만, 걸어가는 발걸음 하나하나가 쌓여 결국 나의 인생길을 만들어 내는 것입니다.

본질을 알면

꽃잎은 지지만 꽃은 지지 않습니다.

꽃잎은 떨어져도 꽃은 사라지지 않고 존재하듯, 피고 지는 자연 현상 속에는 변치 않는 영원한 실체가 있습니다.

우리의 눈에 보이는 모든 것은 잠시 존재하다가 사라지고 맙니다.

현실적으로 보이는 이 현상은 파괴되어 사라지지만,

그 밑바닥에는 변치 않는 실체가 존재한다는 사실입니다.

좋다 나쁘다, 길다 짧다, 많다 적다의 기준처럼 이것과 저것을 비교하며 판단하지 않아야 합니다.

분별없이 참된 실체를 보는 것과 있는 그대로의 참모습을 보려는 마음에 성장과 성찰로 가는 길이 있습니다.

몸소

느끼고 배워야

되풀이하지 않으려면

넘어져 봐야 일어서는 법을 배운다.

실패해 봐야 성공하는 법을 배운다.

이별해 봐야 사랑하는 법을 배운다.

받아 봐야 나눠주는 법을 배운다.

떨어져 봐야 붙을 수 있는 법을 배운다.

헤어져 봐야 만남의 소중함을 느낀다.

아파 봐야 건강의 소중함을 느낀다.

홀로 있어 봐야 사람의 소중함을 느낀다.

혼자 해 봐야 함께라는 가치의 절실함을 느낀다.

무엇이든 시도해 봐야 어려움에 부딪쳐도 할 수 있고, 해낼 수 있다는 자신감과 용기를 가질 수 있다.

이렇게 깨지고 치유하는 법을 겸허하게 받아들이고 배워 나가는 것이 우리네 삶이다.

무엇이든지 겪어 보고 느끼고 배워야 그것의 진실함을 알고 깨닫게 됩니다.

탄생과
죽음 사이의 삶

　태어나 죽는 것은 우리 스스로가 선택할 수 없지만, 그 사이의 삶은 내 맘대로 내 뜻대로 하며 살아갑니다.

　열심히 사는데 내 맘대로, 내 뜻대로 안 된다고 푸념 속에서 하소연하고 넋두리하며 살아갑니다.

　자기 마음대로 살고 있으면서도 내 뜻대로 된다, 안 된다고 하는 것은 자기 느낌일 뿐입니다. 결과가 잘못되었을 뿐이고, 오지 않은 것일 뿐인데 말입니다.

　당신의 지금도 선택하며 사는 것이니, 누구의 탓도

아닌 오롯이 자신의 몫입니다. 어슬렁어슬렁 살면 지금처럼 푸념하며 살 수밖에 없으니 어차피 살아가야 하는 삶이라면 한바탕 단단한 마음으로 멋지고 강단 있게 살아갑시다.

인생은 탄생과 죽음 사이에서의 선택의 삶이고, 그 선택과 결과는 자신의 몫이기 때문입니다.

결핍은

성장의 불씨

가난의 결핍은 나를 일찍 철들게 했고
시련과 고난은 나를 더욱 단단하게 만들었다
고독은 나에게 연민의 사랑을 일깨워 주었고
부정적 감정은 나에게 내적인 성숙함을 안겨 주었다

결핍의 그것들은 나를 어떻게 하지 못했고
오히려 생기와 활력을 불어넣어 주었다
가면 갈수록 나는 살아 있었고

인생의 참맛을 비로소 느끼고
깨달으며 알아가고 있다

돌아보니 그렇더라

5 장

균형을

맞추고

조화롭게

자신을

받아들여야

우리는 그 누구도 기만할 수 없는 사람으로 보이고 싶고, 불리기 위해 너무도 많은 시간을 허비하며 산다.

착하거나 지적이거나 잘생기거나 예쁘거나 성공하거나 인기가 많거나. 우리는 어린 시절부터 제대로 살려면 인정을 받아야 하고, 인정을 받으려면 두각을 나타내야 한다고 배운다. 그리고 타인의 인정을 토대로 성공은 물론 사랑까지 판단하기에 이른다.

그렇게 살아가면서 힘들게 깨닫는다. 우리는 살아 있

는 모든 존재와 연결될 수 있음을.

　수동적인 사람이 되라는 말이 아니다. 타인이 나와 아무리 달라 보여도 그들에게서 발견한 삶의 공통적인 맥박을 이해하고 받아들여야 한다는 뜻이다. 이렇게 하면 더는 별난 사람처럼 굴지 않아도 가치를 인정받고, 타인에게 인정받지 않아도 사랑을 알 수가 있다. 더는 눈치를 보지 않아도 하늘을 날게 되는 것이다.

　우리는 하루하루를 진실하게 살아가면 된다. 그러면 모든 가치 있는 것과 조화를 이룰 수 있게 된다. 다만, 인정받거나 알려지고 싶은 욕망처럼 관심을 베풀어야 한다. 이런 관심이 우리를 깨어 있게 만들고, 베푸는 만큼 사랑은 열린다.

　자신을 일깨우기 위해서는 먼저 자신을 받아들여야 한다. 그러면 세상이 우리를 새싹처럼 돋아나게 해 줄 것이다.

　꽃이 비를 기다리듯 우리의 마음은 사랑을 기다립니다.

혼자만의

쉼

우리가 잘 쉬지 못하는 이유는 그 무엇에 집착하기 때문이다. 무언가를 먹고 소비하는 축제와 같은 휴가 문화로는 제대로 된 쉼을 가질 수 없다.

우리의 휴가 문화는 누군가와 함께 무언가를 소비하는 데 중심이 맞춰져 있다. 먹고, 마시고, 즐기는 화려함을 휴가라고 보는 것이다.

하지만 우리에게는 지루하고 단순해지는 독거의 시

간이 필요하다.

요리 유학을 체험했던 이탈리아나 유럽에서는 휴양지에서 미뤄 놓았던 책을 읽는 독서 경험을 휴가라고 생각하는 사람들이 많았다. 성찰과 사색이 담긴 휴식을 온전히 느끼는 것이다.

집착과 상념이 많아 마음이 불편하면 제대로 쉴 수 없다. 온전히 쉬기 위해서는 홀로 편안해져야 한다.

스스로가 그 무엇으로부터의 집착에서 벗어날 수 있고, 마음을 바로 볼 수 있도록 독거가 주는 쉼이 진정한 쉼의 시간입니다.

느리게

걷기

경치가 좋은 곳에서 넋이 나갔다
마음껏 눈에 담고 사진으로 남긴다
한 사람이 시간 없으니 빨리 가자고 한다
뭐 그리 급하다고 그러는지
어디를 간다고 서두르는 건지
좋은 곳에 왔으면 잠시 쉬었다 가면 되는 것을
한 걸음 늦어지면 조금 천천히 도착하면 되는 것을

마음의 여유도 없이 서두르기만 하다 보면
지금 내 곁에 있는 것들이
내 주변에 있는 사람들이
얼마나 아름답고 소중한지
알아채기도 전에 지나쳐 버리고 만다
빨리 살다 보면 그만큼 빨리 간다
뭐가 그리 급한가요?

대자연 속

쉼

정신없이 앞만 보고 내달리는 일상에서 쉼과 휴식은
필요하면서도 부담되는 행위이기도 하다. 어쩌다 휴식
이 주어져도 제대로 쉬는 사람을 찾기란 매우 어려운 게
현실이다.

진정한 쉼을 위해서는 집착과 갈망을 끊어 내고 자
신을 성찰할 수 있어야 한다. 숲에 들어가 보면 편안하
고 포근한 마음이 들고, 바다를 가만히 바라보면 마음

은 바다처럼 넓어진다. 그렇게 몸과 마음이 함께 쉬어야 진정한 쉼이 되는 것이다. 멀리 떨어진 것에 집착하다가 현재를 놓쳐 버려선 안 되듯이 나의 몸과 마음에도 가끔씩 쉼의 시간을 주어야 한다.

휴대폰이 우리에게 편리함을 주었지만, 어느새 우리의 일상을 지배하고 있다. 여행을 가서도, 맛있는 음식을 앞에 두고도 휴대폰을 손에서 놓지 못하고 쉬러 온 나를 망각하고 만다.

그런 우리가 바로 지금, 여기를 온전히 느끼는 것이야말로 진정한 휴식이라 할 수 있을 것이다.

지금 우리들의 휴식 방법은 업무의 연장과 다름없다.

멀리 떨어진 것에 집착하다 보면 지금, 나를 잃어 버리게 된다. 이것이 바로 몸과 마음 모두 쉬게 해야 하는 이유다.

일과 후 휴대폰을 이용해 여러 사람과 소통하면 폭넓은 인간관계를 맺을 수는 있다. 하지만 지금 내 앞에 있는 사람과 깊은 대화를 나누긴 어렵다.

드넓은 바다를 보듯, 숲을 느끼고 향기를 맡고 있으면 마음이 청정해지듯 지금의 소중한 나에게 집중해야 한다.

진정한 쉼과 휴식의 방법은 사람이 나무에 기대어 숨을 깊게 들이쉬고 내쉬는 모습을 표현한 휴식休息이란 글자 자체에서 해답을 찾을 수 있다. 대자연 속에서 크게 소리 내 웃고, 걷고, 눕기도 하면서 몸과 마음에 휴식을 취해 보면 알 수 있다. 그러고 나면 본연의 해맑은 모습의 미소를 찾게 된다.

자연의 품에서 스스로 마음자리를 돌아보는 그것이 바로 쉼이자 휴식입니다.

시선에 대한

시야

연초가 되면 평소보다 더 우울한 사람이 많다. 이유는 시간을 바라보는 시야에 있다.

평소 우리는 시간에 대한 시야가 아주 좁다. 눈앞의 시선만 보고 하루하루를 살아가다 연말이 되면 시간의 시야가 넓어진다. 지나온 한 해를 돌아보며 인생의 어디쯤 와 있는지 되돌아보게 되고, 미래를 생각하며 어떻게 살아야 하는지 고민하게 되고, 그렇게 '한 일 없이 또 나이만 먹는구나'라는 후회와 자책에 빠진다.

이런 후회와 자책이 우리를 우울하게 만드는 것이다.

열심히 살아야 한다는 강박감이 지나치게 강하거나, 자신의 능력에 맞지 않게 거창한 계획을 세우거나, 시간이 지나면 막연히 좋아질 것이라고 낙관하거나, 남과 비교를 많이 하는 사람일수록 연 초 우울감에 빠지기 쉽다.

그렇지만 후회나 자책이 꼭 부정적인 것만은 아니다.

이 감정들이 심하면 비관과 자기혐오로 이어지지만, 잘 조절하면 오히려 자기 개선의 효과로 이어질 수 있다. 후회와 자책은 기본적으로 자신을 돌아보는 인간만이 가지는 자기성찰적 감정이다.

홀로 하는 시간이 많아진 지금의 현실에서 후회와 자책의 감정을 조금 더 깊이 만나보면 어떨까 싶다.

바둑판에서 두고 난 바둑을 두었던 그대로 처음부터 다시 놓아 보는 것을 '복기'라고 한다. 복기를 두는 이유는 처음으로 돌아가서 어디에서 무엇을 잘했고, 무엇을 잘못했는지를 정확히 알고 넘어갈 수 있게 해 주어 다음 대국에서 실수를 줄이기 위함이다. 다시 그 순간들이 찾아왔을 때 현명한 선택을 할 수 있게 해 주는 방법이다.

시간 속에서 살아가는 우리는 눈앞의 시간만을 보지 말고 먼발치까지 바라볼 수 있는 시선의 높이로 살아가야 합니다. 그래야 현실에서 오가는 감정을 폭넓게 받아들여 슬기롭고 지혜롭게 살아갈 수 있습니다.

나를 돌아보고

깨우치기

《사서삼경》 가운데 하나인 《대학》에 나오는 말입
니다.

사물의 본질을 꿰뚫은 뒤 알게 된다.
알게 된 뒤에 뜻이 성실해진다.
성실해진 뒤에 마음이 바르게 된다.
마음이 바르게 된 뒤에 몸이 닦인다.
몸이 닦인 뒤에 집안이 바르게 된다.

집안이 바르게 된 뒤에 나라가 다스려진다.

나라가 다스려진 뒤에 천하가 태평해진다.

그러므로 천자로부터 일개 서민에 이르기까지 모두

몸을 닦는 것을 근본으로 삼는 것이다.

스스로 수양하여 인성을 갖춘 이가 가정을 잘 다스리면 그 나라 또한 평안하고 나아가 온 세상이 태평할 수 있다는 말입니다.

우리가 흔히 아는 수신제가 치국평천하는 마음을 닦아 수양하고 집안을 안정시킨 후 나라를 다스리고 천하를 평정함을 말합니다.

여기에서 중요한 것이 나를 갈고 닦는 일입니다. 먼저 자기 몸을 바르게 가다듬고 갈고 닦아야 무엇이든지 할 수 있게 되듯이, 선비가 세상에서 해야 할 일의 순서를 알려주는 표현이라 하겠습니다.

현실에서의 갈고 닦음의 중요한 것이 있다면 몸을 건강하게 만드는 운동과 정신을 가다듬고 갈고 닦는 독서와 글쓰기가 있습니다.

나를 돌아보고 깨우치게 하는 세 가지입니다.

나를 돌아보고 깨우치게 하는 운동과 독서 그리고 글쓰기를 꾸준히 하면 당신이 상상하고 꿈꾸는 그 이상의 삶을 살 수 있게 됩니다.

어둠 속에도

빛은 있다

　자신이 망가졌다고 모든 것을 망가진 것이라 봐도
되는 것은 아니다.

　어둠 속에서도 빛을 느끼려는 마음. 진리가 눈에 보
이지 않을 때도 진리를 잊지 않으려는 마음.

　언제나 꾸준히 성장하려는, 목이 마를 때 아직 물이
있음을 잊지 않으려는, 외로울 때 사랑이 변함없이 그곳
에 있음을 잊지 않으려는, 고통스러울 때 평화가 여전히
그곳에 있음을 잊지 않으려는 몸부림의 마음을 잊지 않

아야 한다. 이런 몸부림의 마음이 고통을 없애 주지는 않
지만, 빛으로 돌아가는 길만큼은 탄탄하게 만들어 준다.

어둠 속에서도 빛은 있듯이 빛을 느끼려는 그 몸부
림의 마음이 당신을 건강한 정신이 깃든 마음가짐으로
인도할 것입니다.

감정에도

소화가 필요해

감정에도 소화의 시간이 필요하다.

무엇인가 감정을 깊숙이 건드렸을 때 그 후유증에 힘들어하는 사람이 많다.

상처를 받거나, 실망하거나, 사람의 냉기를 느끼거나 잠깐의 작별로 살짝 마음이 흔들리면 곧바로 다른 것에 집중하고 몰두하라고 말하고 싶다.

어느 순간 문득 마음이 울적하거나 슬픔에 젖어 드

는 이유가 감정의 찌꺼기 때문이다. 그래서 모든 것에는 시간과 노력이 필요하듯 감정에도 소화의 시간이 필요한 것이다. 비바람은 그쳤지만, 나뭇가지와 잎은 여전히 흔들거리는 것과 같은 이유다.

고요함과 적막함 속에 귀 기울여 보면 마음속 감정은 그제야 소화가 됩니다.

감정의 뿌리를

이해하고 알게 되면

자신에게 드리워진 슬픔이나 불안, 혼란, 고통에 굴복해 그 감정에서 헤어 나오지 못할까 봐 두려워하지 마세요. 그것들이 나의 삶을 장악해 버릴까 봐 두려워하지 마세요. 그런 감정들을 걷어 내면 나 자신이 아무것도 아닌 존재가 될까 봐 두려워하지 마세요.

한때 나 또한 두려움과 공포의 불쾌하고 나쁜 감정과 싸움도, 저항도 했습니다. 외로움과 슬픔을 이겨내고 불안과 공포를 떨쳐내기 위해 나 역시 무던히도 씨름했습니다. 그렇지만 누구나 잘 알듯 우울함이나 불안의 기운이 이미 마음을 장악해 버렸는데 느끼지 않으려고 발버둥 치는 것은 공연한 부정에 지나지 않습니다.

기타 줄처럼 파르르 떨리다가 줄이 잠잠해질 때까지 기다리는 수밖에 없습니다.

울음도 웃음으로 바뀔 수 있다는 것은 누구나 잘 압니다. 웃음 속에서도 절규가 터져 나오고 분노가 바스러져서 외로움으로 변한다는 사실도 잘 압니다. 무심해 보이는 차가운 얼굴도 금이 가면 결국에는 떨쳐버리지 못한 두려움을 드러낸다는 것도 잘 압니다.

이 모든 것은 마음에서 만들어집니다.

우리는 행복하되 슬픔을 느끼지 않으려 합니다. 불안하지 않게 평온을 유지하고, 혼란에 빠지지 않도록 언제나 마음을 맑게 유지하려 합니다. 최대한 화내지 않고 이해하려 합니다.

특정한 감정을 두려워하는 것입니다. 그렇지만 우리

는 이런 감정들을 느껴야만 우리를 살아 있게 해 주는 그 행복이 넘치고 사랑이 충만한 그곳에 안착할 수 있습니다.

찾아오는 감정의 근원을 받아들여 이해하고 알 수 있게 되면 고통으로부터 치유가 일어나고 자신도 치유가 됩니다.

드러난 부분과
숨겨진 부분

　세상은 음양의 조화 속에 있다. '음에서 양으로, 양에서 음으로'라는 말이 그것이다.

　해가 비추어야 음의 기운 속 땅에서 씨앗이 자라 줄기와 잎이 되어 꽃과 나무와 열매를 맺는다. 해가 바다를 비추어 풍부한 플랑크톤으로 바닷속 고기들이 생명을 유지한다. 숨겨진 부분도 드러난 부분도 자양분으로 인해 돌고 돈다.

　숨김없이 드러내고 살아도 드러나지 않고 숨겨진 부

분이 있기 마련이다. 마치 서로에게 자양분을 공급해 주는 뿌리와 줄기처럼.

자신을 숨김없이 드러낼 때 삶은 보이지 않는 두려움을 달래 주고 확실하게 치유해 줍니다.

빛과 어둠

반대의 것이 있음에

내가 주저앉으면 상대는 일어서고, 상대가 약해지면 나는 강해진다.

주저앉아 머리조차 들 수 없는 나에게 누군가 나타나 마음을 열고 무릎을 내어 주고, 무거운 머리를 팔에 기대어 주는 이가 나타나듯이. 우리는 이렇게 도움을 주고받으면서 다시금 성장과 치유를 경험한다.

내가 누군가에게 도움을 받는가 하면 누군가에게 버

림받기도 했고, 타인에게 상처를 입히는가 하면 위로와
위안을 주기도 했다. 사람은 그렇게 자연스럽게 성장하
고 확장해 간다.

어둠은 빛을 재촉하고, 빛은 아픔을 치유해 주듯이
누구나 잃고 누구나 얻게 됩니다.

흘러감의

자연스러움

모든 존재는 무의식적인 순환의 흡수와 내보냄, 머묾과 흐름 안에 들어 있다.

현실의 어려움과 마음의 고통과 좌절, 인간의 날카로움으로 인해 마음에 때가 묻고 담아 두면 마음의 때로 인해 병도 들지만, 풀어 버리면 온전한 사람으로 성장할 수 있게 된다.

인간에게는 경험의 충격을 가슴속에 담아 두거나 놓아 버릴 수 있는 거북하고 부담스럽고도 위대한 힘이 있다. 그렇게 겸허하게 흡수와 내보냄 사이의 흐름을 진실하게 유지해야 한다.

호흡과 함께 살아 있는 물줄기처럼 우리의 위치를 기억하고, 경험을 받아들이고 느낌을 내보내는 물줄기, 놀라움과 도전을 받아들이고 마음의 고통과 기쁨을 내보내는 물줄기. 이런 물줄기의 끊임없는 표출로 이 밀물을 되돌려 보내야 한다.

막힘없이 삶의 길을 살아가기 위해서는 흡수와 내보냄의 자연스러움과 함께 흘러가게 두어야 한다.

인지하고

인정하고 살면

한평생을 살다 보면 불행하다가도 어느 순간 행복이 찾아오고, 행복을 즐기다가도 어느 순간 불행이 찾아옵니다. 동전의 양면처럼 세상의 모든 것이 행불행으로 바뀌기도 합니다.

겉과 속이 한 덩어리, 말하는 것과 마음속이 다르지 않고, 둘의 관계가 밀접해서 뗄 수 없음을 이르는 말을 표리일체表裏一體라 합니다.

우리의 인생은 무엇이든 늘 계절처럼 오고 가고, 왔다 갔다 함께한다는 것을 인지하며 살아간다면 마음이 조금은 편안해질 것입니다.

불행과 더불어 가는 삶 속에서 그것을 인지하고 인정하며, 그 속에서 나는 지금 행복하다고 생각하고 마음먹는 그 순간에 행복은 찾아가고 다가갑니다.

나쁜 감정

쫓아내기

우리의 마음은 아프거나 우울하거나 불안할 때면 강력한 감정들에 부딪힌다.

이런 감정들이 몸뚱이 없는 유령처럼 우리의 마음 안으로 밀고 들어와 삶을 지배하려 한다. 고통의 동굴 속에 부싯돌처럼 우리의 상처에 불을 지피고 계속 타오르게 한다.

상처나 우울, 불안이 내 안에 똬리를 틀지 못하게 몰

아내는 것만큼이나 마음의 행복도 중요하다.

이 강력한 감정들을 수면 위로 끌어올려야 하는 이유는 마음과 정신에서 감정의 찌꺼기를 지속해서 제거해야 하기 때문이다. 그래야 새로운 삶이 우리의 마음 안으로 흘러들 수 있다.

다가올 감정들을 받아들이려면 마음속의 장애물을 제거해야만 합니다. 온전한 자유를 만끽하고 싶다면 말입니다.

속도대로

호흡하기

생각하고 느끼고 흡수하는
속도를 맞추는 일은
마음의 중심을 잡는 일과
직접적으로 연관되어 있다

속도대로 호흡하는 중심 속에서
속도를 늦추고 마음을 열어
중심을 찾고 천천히 호흡하면

하늘의 구름도 사람들의 꿈과

하나 되어 떠다니며

생각의 속도와 마음의 속도 속에서

우리를 새롭게 하고 생기를 불어넣는다

쓸어야

깨끗해진다

자신의 마음속에 웅크리고 있는 대립과 갈등, 분노과 증오심, 자만심과 인색함, 옹졸함과 허영심, 시기심과 질투심, 이기심 따위의 속물스런 추악함을 비질하듯 남김없이 쓸어내도록 합니다.

그 깨끗해진 마음속에 연민과 자애, 겸허와 평온, 우정과 화합, 여유로움과 너그러움 등의 인간다운 아름다움을 한가득 채우도록 합니다.

그리하면 마음은 진정 따뜻함과 넉넉함, 소박함과 진

솔함의 아름답고 쾌청한 기운이 마음속에 가득하게 될 것입니다.

번뇌를 쓸듯 수시로 어지럽히는 잡스러운 마음속 속 물 덩어리들을 쓸어 내면 티 없이 맑고 깨끗해집니다.

긍정의 끌어당김 속

유유상종

유유상종은 같은 무리끼리 서로 따르고 좇거나 같은 성격이나 성품을 가진 무리끼리 모이고 사귀는 모습을 말합니다. 같은 집단끼리 서로 따르고, 모이고, 사귀고, 함께한다는 뜻이지요.

그런데 실제로는 이 표현이 썩 좋은 의미로 쓰이지는 않습니다. 올바른 사람들이 서로 사귀는 모습을 보고 유유상종이라고 하는 경우는 별로 본 적이 없습니다.

"끼리끼리 잘 노는군. 유유상종이라더니!" 하는 비꼬

는 식의 부정적으로 많이 쓰이는 현실입니다. 긍정적 요소가 많음에도 말이죠.

의식이나 목표와 뜻을 같이하는 의미에서 삼국지의 도원결의나 정치적인 좌파, 우파가 모인 정당이나 시위를 하는 군중, 동호회나 모임들의 모습이 비슷하지 않나 싶습니다.

세상 이치가 끌어당김의 법칙이 있어서 자신이 그 어떤 것에 관심을 기울이고, 행동하면 결과로 나타납니다. 다만, 자신이 진정으로 바라지 않는 것들은 손에서 내려놓아야 합니다.

믿기지 않을지 모르지만, 자신의 인생에서 만나는 사람들과 자신이 끌어당겨 함께하는 모든 것과 자신이 경험하는 일들에도 자신이 바라는 바가 담겨 있습니다.

즐거운 경험을 쌓아가고 생각하고 기대하면 그 일이 현실이 되듯이, 그렇게 자신의 눈앞에 나타나는 모든 것이 자신이 끌어당긴 것입니다. 자신이 관심을 둔 대상이 자신의 파동에 이끌려 경험 속으로 들어온 것입니다.

그러므로 진정 자신이 그 무엇인가를 원한다면 자신의 강점을 점검하고, 경험하고, 하고 싶은 일에 관심을 기울여 긍정적으로 생각하세요. 원하는 것에 초점을 맞춰 자신의 말과 행동, 목적이 모두 조화를 이루면 인생을 창조해 나갈 수 있게 됩니다.

관심을 가지고 기울이면 끌려옵니다. 그 다음 관심이나 인식이 오랫동안 지속하면 그 대상은 자신의 경험 속으로 들어와 내 것이 됩니다.

나는 어떤 욕구를 가졌는지, 바라는 것은 무엇인지, 초점은 정했는지, 자신에게 던지고 그 답을 의식해 바람직한 대상을 끌어당길 수 있도록 노력하는 당신이기를 바랍니다.

이곳과
그곳

어느 호숫가에 앉아 하염없이
호수 저편을 바라보았다
아침 햇살이 수면 위로 가득 퍼지자
호수 저편이 이국적이고 낭만적으로 보였다

어느 날 신비로운 호수 저편
그곳에 가보기로 했다
내가 바라보던 바로 그곳에 왔다

그곳은 내가 떠나온 곳과 다르지 않았다
아침 햇살이 수면에 가득 퍼지고
물안개가 신비로움으로
왕버드나무를 감싸자
이제는 내가 있던 그곳의
신비가 나를 유혹했다

무엇을 위해

일하는지

　자본주의 사회에 접어들면서 여가 생활은 사라지고, 생계를 위한 일에 파묻혀 노동 시간이 급격하게 늘어난 현대인들은 점점 지쳐만 간다.

　오래전 그 많았던 놀이 문화는 다 어디로 갔을까? 지금은 놀이 문화가 사라져 어디를 가더라도, 무엇을 하더라도 취미 생활과 놀이와 여가를 통해 행복을 찾기 위해선 돈이 들어간다. 결국엔 일을 더 많이 할 수밖에 없는 구조가 굳어졌다.

학창 시절 배웠던 지식과 기술, 자격증 등의 스펙은 취업을 위한 수단이었다. 취직이 되지 않으면 무용지물이 되고 말아 취직을 해서 급여를 받아 생활하는 것이 최종 목적이 되어 버렸다.

내가 정말 하고 싶고, 좋아하고, 원하는 것을 배우는 것이 아니라 오로지 취업을 위한 공부가 되어 버린 것이다. 쉽게 말해 기업이 원하는 노동자가 되어야 하는 시스템 속에서 살아가고 있는 우리다.

주말과 휴일에도 쉼의 시간조차 가질 수 없게 되어 그렇게 자본주의에 길들여져 가고 있는 우리의 슬픈 현실이다.

일이 많아지니 일에 지쳐서 일이 싫어진다. 회사에 다니는 의미와 목적이 진급과 고액 연봉에 국한되어 좀 더 편안하게 살고자 투기와 투자나 장사에 뛰어드는 형국이 반복된다. 자본주의의 씁쓸함을 말하지 않을 수 없다.

수단과 목적이 분리되면 노동이 되고, 수단과 목적이 같으면 놀이가 되듯이, 그런 우려의 현실 속에서 우리는 돈을 들이지 않는 가운데 자신이 선택해서 원하는 즐길 거리의 여유를 찾아야만 진정 행복할 수 있다.

나만의 행복한 삶을 위해서라도.

우리가 일을 왜 하는지, 무엇을 위해 일하는지에 대한 명확한 답은?

일은 살아 있음의 기쁨이어서 자신과 사랑하는 사람을 즐겁고, 편안하고, 행복하게 해 주기 위함입니다.

자연과 일상을
들여다보면

한창 젊은 시절에는 삶에 대한 명확한 꿈이나 목표와 비전이 있어야 한다고 생각했다. 사회적으로도 성공해야 한다는 강박도 있었다.

그러나 소위 대단히 성공한 사람들의 이율배반적이고 가식적인 행태와 행복하지 못한 그들의 모습을 목격하면서부터 자연스레 내 삶의 가치관이 뒤바뀌게 되었다. 세상에 대한 욕심들도 자연스럽게 내려놓게 되었고, 욕심과 욕망에서 놓여나자 점차 마음이 편안해졌고 자유로움이 찾아왔다.

시간이 흐르면서 주변 사람들이 보이기 시작했다. 나를 둘러싼 자연의 세세한 것들도 눈에 들어오기 시작했다.

까르륵 웃는 아이의 웃음소리가 주는 지극한 행복감과 매일의 일상을 열심히 최선을 다해 살아가는 평범한 우리네 삶이 얼마나 고귀하고 값어치 있는지, 계절의 순리가 보여주는 자연의 변화와 풍성함이 얼마나 멋지고 아름다운지, 어머니가 차려 준 따뜻한 밥 한 끼가 얼마나 정성이 가득한지, 인생을 어떻게 살아가야 하는지 차츰 보이기 시작했다.

욕심과 욕망이 차오를 때면 마음을 내려놓고 자연을 보고, 잔잔한 일상이 주는 아름다운 신비를 맛보면 인생이 보입니다.

흔들리지 않는

균형 잡기

목 놓아 울고 싶었던, 북받쳐 오르는 설움의 나날 속에서 나의 감정을 받아들이고 마주하고 싶었다.

하루에도 몇 번씩 부지불식간에 치솟았다가 가라앉기를 반복하는 감정들. 내 안의 감정들임에도 내 것 같지 않은 그 감정들로 인해 힘들고 지쳐만 갔다.

내 감정을 인정하고 수용하고 조절하는 방법을 알고 싶었다. 그러면 내 삶을 행복으로 바꿀 수 있지 않을까 싶었다.

부정적 감정보다 긍정적 감정을 잘 느끼며 감정 조절을 잘하고 싶었다. 분노와 화, 우울과 불안, 고독과 외로움, 서러움과 미움 등의 감정을 잘 다루고 싶었다.

나의 글쓰기는 그렇게 시작되었고 마음에 기초를 쌓듯 하루를, 일과를, 나를 돌아보며 쓰기 시작하면서 어느 순간부터 내면은 잔잔해졌다. 그 어떤 흔들림에도 흔들리지 않는 나를 만나게 되었다.

하루를, 일과를, 나를 돌아보는 글을 써 보면 내 안의 감정들을 올바르게 인식하고 조절할 수 있게 됩니다.

누구나 행복하게 살고 싶어 합니다. 그러나 안타깝게도 자신이 행복하다고 말하는 사람은 그리 많지 않습니다. 수많은 행복 안내서와 자기계발 서적이 있지만, 이론이나 이성에 치우친 경향이 있어서 모든 사람을 행복으로 이끌지는 못합니다. 세상의 모든 것이 다 그렇지만 행복도 사소해 보이지만 여러 습관이 쌓여야 행복해질 수 있습니다. 저자 김유영은 사소한 습관들을 행동하는 긍정주의자답게 삶에서 행복을 만들어낸 산 증인입니다. 결코 만만치 않았던 삶의 파고를 넘어서 행복을 찾아낸 그의 글은 단순한 이론이 아니라 실제인 만큼 힘이 있습니다. 이 책을 읽고 배워나가며 그렇게 살아간다면 누구나 오늘 행복해질 수 있을 것이라 믿습니다.

— **채정호,** 가톨릭대학교 서울성모병원
정신건강의학과 교수, 긍정학교 교장

이 세상 어떤 것도 이길 수 없는 것이 바로 '꾸준함'이라고 합니다. 김유영 작가님을 보며 꾸준함이란 어떤 돌파구도 만들어내는 엄청난 힘이라는 생각을 하게 됩니다. 사람을 향한 따뜻함과 삶에 대한 애잔한 시선은 어느덧 '행복'을 만들어내는 단단함이 된다는 것 또한 느낍니다. 인생이라는 롤러코스터에서 멀미를 느끼던 날, 작가님의 글을 읽으며 다시 힘을 낼 수 있게 되었습니다. 독자 여러분들도 이 책을 통해 '우리를 다시 살아가게 하는 시간'을 만끽하셨으면 합니다.

— **이정민(데비 리)**, 《우리를 다시 살아가게 하는 시간》,
《휘게 육아》, 《오픈 샌드위치》 저자

어김없이 매일 아침 글 한 편이 옵니다. 하루는 따뜻한 마음을, 다른 하루는 위로의 마음을, 또 다른 하루는 용기와 격려의 마음을 담은 아침 편지입니다. 6년 동안 봐온 김유영 작가는 변함없이 꾸준함으로 매일을 정성으로 사는 사람입니다. 누구와의 약속도, 누구와의 이야기에도 귀 열고 마음을 열며 상대방에게 진심을 보여주는 사람이기도 합니다. 아픈 만큼 성숙해진다는 것처럼 많은 우여곡절을 겪으며 단단해진 마음 근육으로 타인의 마음과 마음을 잇는 작가님을 응원합니다. 매일 실천하는 꾸준함과 하루에 정성을 담은 이번 책 《오늘만큼의 행복》을 읽는 당신에게도 행복의 시간이 찾아올 것입니다.

— **김은정**, 대진대학교 교육학(상담심리 전공) 박사,
이움심리상담연구소 소장, 그림책심리치유 대표 강사

오늘만큼의 행복

펴낸날   초판 1쇄 2021년 7월 29일

지은이   김유영

펴낸이   강진수
편 집   김은숙, 김도연
디자인   임수현

인 쇄   (주)사피엔스컬쳐

펴낸곳   (주)북스고   **출판등록**   제2017-000136호 2017년 11월 23일
주 소   서울시 중구 서소문로 116 유원빌딩 1511호
전 화   (02) 6403-0042   **팩 스**   (02) 6499-1053

ISBN   979-11-6760-004-2   03810

책 출간을 원하시는 분은 이메일 booksgo@naver.com로 간단한 개요와 취지, 연락처 등을 보내주세요.
Booksgo는 건강하고 행복한 삶을 위한 가치 있는 콘텐츠를 만듭니다.